EXETER HISPANIC TEXTS

Founded by Keith Whinnom and J. M. Alberich
General Editor: W. F. Hunter

LI

POESÍAS INÉDITAS U OLVIDADAS

EXETER HISPANIC TEXTS

General Editor: W. F. Hunter

XXXII **A New Berceo Manuscript (Madrid, Biblioteca Nacional MS 13149)**
description, study and partial edition by Brian Dutton

XXXV Ludovico Scrivá **Veneris tribunal**
edición de Regula Rohland de Langbehn

XXXVII Francisco Guerrero **El viage de Hierusalem (Seville, 1592)**
edited by R. P. Calcraft

XL Thomas Percy and John Bowle **Cervantine Correspondence**
edited by Daniel Eisenberg

XLI **Avisos a un cortesano** An anthology of seventeenth-century moral-political poetry
edited by Trevor J. Dadson

XLII Antonio Enríquez Gómez **Los siete planetas**
edited by Constance H. Rose with T. Oelman

XLIII Sir Vincent Kennett-Barrington **Letters from the Carlist War (1874–1876)**
edited by Alice L. Lascelles and J. M. Alberich

XLIV Gonzalo de Arredondo **Vida rimada de Fernán González**
edición de Mercedes Vaquero

XLVI Casiodoro de Reina **Confessión de fe Christiana**
The Spanish Protestant Confession of Faith (London, 1560/61)
edited by A. Gordon Kinder

XLVII **The Treaty of Bayonne (1388) with Preliminary Treaties of Trancoso (1387)**
edited by John Palmer and Brian Powell

XLVIII **The Lives of St Mary Magdalene and St Martha (MS Esc. h-I-13)**
edited by John Rees Smith

XLIX Pedro Manuel Ximénez de Urrea **Penitencia de amor (Burgos, 1514)**
edited by Robert L. Hathaway

L **'Ensaladas villanescas' from the 'Romancero nuevo'**
edited by John Gornall

LIII Salvador Rueda **El ritmo**
edited by Marta Palenque

LIV Miguel de Unamuno **Political Speeches and Journalism (1923–1929)**
edited by Stephen Roberts

Volumes prior to Volume XXXI are available while stocks exist from the Department of Spanish, University of Exeter.

EMILIA PARDO BAZÁN

POESÍAS INÉDITAS U OLVIDADAS

Edición de
Maurice Hemingway
Universidad de Exeter

UNIVERSITY
of
EXETER
PRESS

First published in 1996
by University of Exeter Press
Reed Hall, Streatham Drive
Exeter, Devon EX4 4QR
UK

ISSN 0305–8700
ISBN 0 85989 339 1

British Library Cataloguing in Publication Data
A catalogue record for this book
is available from the British Library

Typeset in Bembo by
Exe Valley Dataset, Exeter

Printed and bound in Great Britain by
Anthony Rowe Ltd, Chippenham

Nota previa

Maurice Hemingway falleció prematuramente el 23 de julio de 1994, sin poder rematar su edición de las poesías de doña Emilia Pardo Bazán. Por aquel entonces quedaba por hacer la versión ultimada de los textos así como algunas notas explicativas. Hemos intentado cubrir las lagunas más notables de la primera redacción para que este libro saliera a la luz como homenaje a un querido amigo y colega. De ahí su carácter excepcional dentro de la serie de los Exeter Hispanic Texts.

El criterio según el cual se han editado las poesías varía de acuerdo con el tipo de texto base de que se trate. 1. Las poesías que tienen fuente manuscrita normalmente se reproducen sin más intervención editorial que la numeración del poema y de sus versos y la introducción de '[*sic*]' para tranquilizar al lector cuando se podría dudar de la exactitud de la transcripción. Entre ellas figuran todas las de *Álbum de poesías* así como la número 4 y 35 de *Otras poesías*; la número 8 también se ajusta a este criterio, aunque en realidad la transcripción viene de una fuente impresa. Algún texto más se cita en las notas. 2. Las poesías editadas a base de fuentes impresas se han regularizado y modernizado en cuanto a su ortografía, su puntuación (siempre se ha tenido presente la puntuación original) y su disposición en la página.

Para asegurar la máxima fidelidad de la edición hubiera sido deseable verificar todas las transcripciones. Por desgracia, esto ha sido posible solamente en los siguientes casos: *Álbum de poesías*, 9, 10, 17-37, 41-43; *Otras poesías*, 5-7, 9-11, 14-18, 20, 23, 28, 32.

Maurice fue siempre muy puntual en la expresión de su agradecimiento a todos los que le ayudaban. Por lo tanto lamentamos no poder dejar constancia aquí más que de los pocos nombres que se mencionan en la misma edición, y de unos cuantos más. No hay duda de que, de haber podido terminar él mismo esta colección de poemas, Maurice habría dado las gracias públicamente también a muchas personas y entidades cuyo nombre desconocemos.

Facilitaron acceso a sus importantes fondos la Biblioteca de la Fundación Lázaro Galdiano (Madrid), la Fundación Penzol (Vigo) y la Real Academia de la Historia (Madrid). El Sr Jacobo García Blanco-Cicerón suministró copias de dos manuscritos de su archivo personal (*Otras poesías*, 4 y 27) y la profesora Nelly Clémessy (quien compartió con Maurice durante tanto tiempo los mismos intereses eruditos) proporcionó, con pareja generosidad, la copia de un manuscrito del Archivo Histórico del C.S.I.C. en Madrid (*Otras poesías*, 35). También le prestaron ayuda los siguientes amigos y colegas: el doctor José Manuel González Herrán de la Universidad de Santiago de Compostela, el doctor J. D. Rutherford de Queen's College, Oxford, el doctor B. J. Taylor de la British Library, Londres, y dos estudiantes investigadoras, Julia Biggane (Exeter) y Cristina Patiño Eirín (Santiago de Compostela). Intervino en la resolución de un problema de acceso el doctor Dario Villanueva, rector de la Universidad de Santiago de Compostela. Las tareas iniciales de mecanografía las emprendieron con absoluta dedicación Ruth Webb y, posteriormente, Carole Skidmore, ambas secretarias del Departamento de Español de la Universidad de Exeter. Por último cabe reconocer la ayuda financiera que le otorgaron a Maurice la British Academy y el Keith Whinnom Travel Fund del Departamento de Español de la Universidad de Exeter.

A todos los nombrados y sin nombrar que hayan contribuido a la publicación de este libro expreso mi más sincera gratitud.

W. H.

Introducción

En sus *Apuntes autobiográficos* (1886) Emilia Pardo Bazán declara sin rebozos que sus poemas son 'los peores del mundo', y confiesa que los tenía 'por pecados'.[1] Del mismo modo, le escribió al poeta catalán, Víctor Balaguer, que 'también tengo algunos versos en cartera: pero ni nombrarlos se merecen, tales son de flojos'.[2] Nunca suavizó este juicio tan duro, y al final de su vida puso de manifiesto que no quería que sus versos se recogieran ni publicaran.[3] Por lo tanto puede parecerle al lector obra de impiedad desacatar la voluntad de la autora exhumando las poesías que aquí se publican. En el caso de *Jaime*, nos podemos defender contra el cargo con facilidad, ya que esta colección se publicó con la aprobación de doña Emilia y nunca fue consignada por ella a las llamas del olvido. Respecto a *El Castillo de la Fada* y al *Álbum de poesías*, aunque sea cierto que añaden poco a la reputación de la autora de *Los pazos de Ulloa* y *Memorias de un solterón*, no pueden dejar de interesar a los especialistas e incluso al lector interesado. *El Castillo de la Fada*, hasta ahora totalmente desconocido, es quizá la primera obra que publicó, y, a pesar de su desigual calidad poética, resulta fascinante por lo temprano de su producción (según parece, lo compuso doña Emilia a los catorce años) y lo inesperado de su contenido (puro romanticismo). Además, puede sorprender el que el primer ensayo narrativo de la futura novelista fuese escrito en verso.[4] En cuanto al *Álbum*, estos versos, de gran variedad temática y mayoritariamente inéditos, nos pueden proporcionar nuevas perspectivas sobre la sensibilidad, la ideología e incluso la biografía de la joven escritora, de cuyos años tempranos todavía no tenemos más que una idea muy borrosa. Por añadidura, tratándose de escritos inéditos de una autora de la categoría de la Pardo Bazán, no podemos respetar por tiempo indefinido tales intenciones de auto-supresión, sobre todo cuando se deben a razones puramente estéticas, por tanto discutibles, más bien que personales.

Lo que podemos llamar la carrera poética de doña Emilia empezó a los ocho años cuando escribió un poema en octavas sobre Hernán Cortés. (Curiosamente, su último proyecto literario, inacabado cuando murió en 1921, fue un estudio sobre el mismo Cortés y la conquista de Méjico.)[5] A los nueve (en 1860) compuso unas quintillas a la llegada de las tropas en La Coruña al terminar la Guerra de África. Luego, como nos dice doña Emilia, 'debió pasar bastante tiempo sin que brotase en mí otra chispa poética'.[6] En realidad, el paréntesis no fue muy largo, porque los primeros versos del *Álbum* datan de 1865, y en 1866 la señorita Pardo Bazán publicó tres poemas: 'La opresión' (véase abajo, pp. 96-97), 'Reflexiones sobre el agonizante año de 1866' (pp. 97-101) y *El Castillo de la Fada*. Al año siguiente dio a la estampa cuatro poemas más (véase abajo, *Álbum*, 5, 20 y 22 y *Otras poesías*, 3). Entre 1867 y 1875, años que corresponden más o menos con los primeros años de su vida matrimonial, no publicó ninguna poesía, según los datos de que disponemos, aunque sí escribió numerosos versos que copió en su *Álbum* y su *Libro de apuntes*. En 1875 se presentó a un certamen literario celebrado en Santiago de Compostela, y obtuvo un accésit por su poema 'Descripción de las Rías Bajas', que fue publicado por los organizadores del certamen y posteriormente en *El Heraldo Gallego* y la *Revista Galaica* (véase abajo, pp. 102-05). Desde entonces en adelante publicó con regularidad versos en la prensa gallega, valiéndose cierto renombre de poeta antes de iniciar su carrera de novelista. Su producción poética alcanzó su punto culminante con la publicación en 1881 de *Jaime*. Después, que sepamos, publicó muy pocas poesías, y al consolidar su posición como uno de los principales novelistas de los años 80, evidentemente le convenía que su obra poética descansase en paz. Se podría vislumbrar otra de las posibles razones que motivaron su abandono de la poesía en un comentario que hace en sus *Apuntes autobiográficos*:

> La única distracción que me permitía era rimar algún verso o escribir algún articulejo. Si bien los poetas conservaban todo el influjo que siempre ejercieron en mis sentidos por el elemento rítmico y musical, y eran tan señores de mis nervios como lo son hoy, poseyendo el privilegio de sumirme en cierta melancolía mórbida, desde la cual al desahogo del llanto es fácil la transición, empezaba ya a saborear, al menos en circunstancias normales, el deleite mucho más sano y espiritual de la prosa.[7]

Se ve que doña Emilia teme a la influencia malsana de la poesía, con su tendencia a provocar estados de ánimo deprimidos, y considera que el deleite que produce la prosa es 'más sano y espiritual', quizá por ser la prosa más distanciada de la realidad que trata.[8] Así habla, en palabras escritas en 1886, el escritor realista que valora más la observación objetiva que la introspección emocional. Además admite francamente que sus poesías carecían de originalidad y que su facilidad para rimar y reproducir el estilo de otros poetas la exponía al peligro de 'adocenarse imitando'.[9]

Con algunas excepciones, toda esta obra ha quedado sin editar o sin recoger. Hemos intentado reunir aquí todas las poesías publicadas por doña Emilia durante su vida, o en forma de libro o en la prensa periódica. Dos poemas de que tenemos noticias no los hemos podido localizar,[10] y en todo caso, a pesar del rastreo bastante exhaustivo que hemos realizado, parece muy probable que queden otras obras poéticas por descubrir, sobre todo en la prensa gallega. Aparte de sus poesías publicadas, la Pardo Bazán produjo numerosos versos de todo tipo que han sobrevivido o en su *Álbum de poesías*, o en su *Libro de apuntes*, o en manuscritos sueltos. Transcribimos aquí por primera vez el *Álbum*, bonito tomo, encuadernado en cuero, que contiene 41 poesías de doña Emilia, esmeradamente copiadas en limpio, así como algunas obras de otras personas que publicamos aquí para dar una idea exacta de cómo era un álbum de este tipo. Se encuentra actualmente, con el *Libro de apuntes*, en la biblioteca de la Fundación Lázaro Galdiano, Madrid. También incluimos aquí dos poesías manuscritas sueltas (*Otras poesías*, 4 y 35), pero según el testimonio de Montero Padilla existen (o por lo menos existían) otros muchos versos de circunstancia conservados por la familia de la autora.[11] El señor Derek Birch, de Birmingham, Inglaterra, ha tenido la amabilidad de regalarnos el original de un poemito de éstos, que, por no parecer digno de figurar entre las demás poesías de doña Emilia, reproducimos aquí. Se trata de una tarjeta postal que reproduce uno de los retratos de la Pardo Bazán pintados por Joaquín Vaamonde:

> Golondrina postal, vuelve á tu nido.
> Con posarte á mi lado,
> yo no sé si has ganado,
> yo no sé si has perdido.

La firma 'La Condesa de Pardo Bazán' sugiere que este 'petit rien' data de 1908 como más temprano. Aparte de versiones variantes de obras o publicadas o copiadas en el *Álbum*, no reproducimos las poesías incluidas en el *Libro de apuntes*, por ser ésta una colección bastante caótica de algunos poemas completos y muchos fragmentos con múltiples correcciones y tachaduras. Dada la dificultad de reconstruir versiones definitivas de estos textos, nos parece que la única forma útil de publicarlos sería en reproducción facsímil, lo que constituiría otro proyecto distinto.

Este no pretende ser un estudio crítico de la obra poética de doña Emilia, y efectivamente sería absurdo suponer que ésta pudiera parangonarse con la de un Bécquer o de una Rosalía de Castro y por tanto merecer un análisis detenido. El lector notará la marcada influencia de Zorrilla y Espronceda en *El Castillo de la Fada* y en otras muchas poesías. El evidente interés de la joven poetisa por lo gótico, lo macabre, lo fantástico y lo sobrenatural, así como el uso de la polimetría para crear efectos dramáticos o patéticos, delatan la inspiración romántica de la obra temprana de la futura defensora del naturalismo literario. Otra figura que influyó profundamente en ella fue el poeta alemán, Heinrich Heine, a quien conoció a través de una traducción al castellano (1873) de otra francesa realizada por Gérard de Nerval.[12] A mediados de los anos 70 aprendió alemán, originariamente para leer a los filósofos alemanes en su propio idioma, pero pronto se consagró más a la lectura de Goethe, Schiller, Bürger y Heine que de Hegel, Kant, Fichte y Krause.[13] El alcance de su admiración por Heine se evidencia en una serie de traducciones de su obra que publicó en varios periódicos en 1880 y, por ejemplo, en el poema 'El pescador' (véase abajo, pp. 142–43), también de 1880.[14] En 'Fortuna española de Heine' (1886), doña Emilia elogia su 'intensidad, fuego y ternura', así como 'su artística brevedad, [por] lo sobrio de sus procedimientos, que contrasta con la verbosa abundancia de que suelen adolecer nuestros versificadores' (p. 691). En 1909 declara que 'ningún poeta ha hecho en mí tan fuerte impresión [...] como Heine', y especifica las cualidades que tenía el poeta alemán comparándole con otros poetas:

> En general, se me quedan muy lejos del alma los poetas civiles y políticos, género Quintana y Alfieri; y los poetas de vestidura rozagante (como Víctor Hugo y Zorrilla) me interesan por el elemento formal y verbal; me deslumbran frecuentemente con la magnificencia de su ropaje o con la música de sus estrofas, pero no dejan en mí la huella de esas ansias más hermosas que la felicidad, esa angustia adolorada que encuentro en Heine.[15]

Tanto en 1886 como en 1909, doña Emilia apreciaba más la nota íntima de Heine que el estilo rimbombante y melodramático de los románticos a lo Zorrilla: 'Por eso Heine [...] se ha colocado más allá y sobre el romanticismo de insulsa fantasmagoría, de castillo feudal y monasterio gótico.' Todos estos tópicos se hacen eco en muchas de las poesías tempranas de la Pardo Bazán. Ahora reconoce que han pasado de moda, pero 'la juventud y la frescura de la musa de Heine' son eternas. En este contexto, el 'Canto a Zorrilla' (véase abajo, pp. 134-41), publicado en el mismo año que las traducciones de Heine, puede parecernos no tanto una celebración de Zorrilla, sino más bien un acto de autoliberación de un modelo poético ya superado:

> Hoy ya no es tuya la idea
> que sirve al arte de norma,
> ni es ya tu forma la forma
> que los artistas le dan. (168-71)

Es lógico inferir que Espronceda y Zorrilla fueron suplantados en el panteón poético de la joven coruñesa durante la década de los 70 y que fue Heine quien ocasionó el carácter intimista de la mayor parte de sus poesías publicadas a partir de 1875.[16]

Es en *Jaime*, con su métrica sencilla de tipo más bien popular y su expresión comedida de hondos sentimientos, donde se observa con más claridad el impacto de Heine. Jaime, primogénito de doña Emilia y nombrado por el hijo del pretendiente carlista, nació en julio de 1876.[17] En esta colección de veinte poemas se recogen las emociones y reflexiones suscitadas en la joven madre por el nacimiento e infancia de su hijo. Según el testimonio de la marquesa de Cavalcanti, hija de la autora, los versos del volumen datan de 1875, antes de nacer Jaime, hecho corroborado por Federico Carlos Sainz de Robles, quien probablemente se inspiró en la misma fuente.[18] Sin embargo, la índole precisamente autobiográfica de algunos de estos poemas (el día del bautizo, los primeros pasos del niño) sugiere que su hipotética existencia prenatal es muy dudosa.

En sus *Apuntes autobiográficos* doña Emilia explica detalladamente las circunstancias de la publicación de *Jaime*:

> Sin embargo, a impulsos de un sentimiento nuevo y profundo, tuve un desahogo lírico al escribir los breves poemitas reunidos bajo el título de *Jaime*. Aunque yo sabía que eran poesía sincera y en tal concepto tenían algún derecho a la vida, como dudaba de la forma, por esto y por su carácter íntimo y personal, acaso los hubiera dejado inéditos a no ser porque un amigo muy querido, Francisco Giner, los leyó y encontró publicables y me obsequió regalándome una monísima edición de trescientos ejemplares, que no se envió a periódicos y críticos. Otro amigo residente en París, Leopoldo García Ramón, los ha reeditado este año [1886], cincelando una joya tipográfica, digna del estante de una princesa bibliófila: edición a *dos* ejemplares, sobre papel japonés, tirada en máquina a brazo, con caracteres Baskerville del siglo XVIII, y encuadernada en tafilete blanco de Esmirna salpicado de flores de lis de oro. Primor que jamás soñé para mis rimas y que sería mayor si se

> pudiesen cuajar en aljófares y sembrar por la cubierta las muchas lágrimas que el librito ha hecho derramar, por comunicación inevitable, a las mamás que lo leyeron.[19]

Aunque fue Giner quien se encargó de la edición, doña Emilia corrigió las pruebas y envió una foto de Jaime para adornar la portada. También pidió a don Francisco 'deux mots' de introducción, prólogo que nunca se escribió.[20] La obra apareció en la Imprenta de J. Alaria, Madrid, 1881. En este mismo año se refiere doña Emilia a *Jaime* en varias cartas a Giner. El 22 de julio de 1881, por ejemplo, escribe lo siguiente:

> El lugar donde fecho esta carta explicará a V., querido Paco, porqué [*sic*] no he contestado antes y acusado recibo de los libritos de Jaime. Gracias una y mil veces del don y de la manera de hacerlo. El libro —diga V. lo que quiera— gusta infinito a cuantos lo ven, y parece imposible que con tan escasa cantidad de original se haya hecho una cosa tan presentable como tamaño. Ya ve V. que si no me agradase mucho, se lo diría francamente, ya porque mi carácter lo da de sí, ya porque supongo no tendrá V. puesto su amor propio en hacer bonitas ediciones.

También se interesaba la autora en la misma carta por la difusión de esta obra, a pesar de su 'carácter íntimo y personal':

> Opino que deben ponerse á la venta ejemplares del libro, porque deseo que el público lo conozca, y no tenemos ni V. ni yo 300 amigos lo bastante íntimos para darles una cosa tan <u>interior</u> como ese libro. Creo pues que debe ponerse á la venta siquiera la mitad, 150; en cuanto al producto, como ni V. ni yo nos lo vamos a embolsar, deseo que en nombre de Jaime lo aplique V. a alguna institución enseñadora, Escuela o cosa así, para que siquiera indirectamente ejerza Jaime la más hermosa de las obras de misericordia: <u>enseñar al que no sabe</u>.

En otra carta (del 16 de agosto de 1881) escribe:

> Ya están en mi poder, mi buen amigo, 50 ejemplares del precioso librito, que he recibido por el correo. Gracias. He repartido algunos, y han tenido gran éxito de pañuelos mojados: <u>c'est quelque chose</u>. Me alegraría de poner aquí a la venta algunos en las librerías de aquí: Si V. quiere remitirme otros 50 ejemplares para la venta, creo se despacharán muy bien. ¿Y los de ahí? ¿Se han puesto en las librerías? Los amigos cuya lista envié a V. me han dado ya (algunos de ellos) las gracias.

El éxito de la obra era tal que doña Emilia seguía pidiendo más ejemplares:

> Quisiera que me enviase V. (si es que los tiene) algunos ejemplares más del librito de Jaime. No los literatos, sino especialmente las mujeres y los hombres de buen corazón, han dado a esos breves poemitas tal consagración de entusiasmo, que apesar de escatimarlos todo lo posible, temo no conseguir quedarme con algunos ejemplares de reserva, como desearía. Así pues ruego a V. me remita alguno; y creo debe V. decir a Fe que envíe algunos a Martínez acá para la venta. (Carta fechada el 8 de octubre de 1881)

El 25 de noviembre acusa recibo de los ejemplares pedidos (algunos elegantemente encuadernados) e informa a Giner del extraordinario 'éxito privado' de *Jaime* en La Coruña. Añade que 'como V. tiene aún un centenar he puesto aquí a la venta 12 de los que me remitió y si necesito más se lo pediré'.

De los dos ejemplares de lujo, editados en Nancy en 1886, en los años 60 uno estaba en manos de la familia de la autora (según el testimonio de la profesora Nelly Clémessy),[21] y el otro fue enviado a Menéndez Pelayo por doña Emilia probablemente en 1891[22] (ya no se encuentra en el Museo Menéndez Pelayo, Santander, y desconocemos su paradero actual). En 1924, después de muerta la autora, se hizo una nueva impresión en Madrid en la Imprenta de Jesús López, utilizando las cajas de la impresión original. El texto que reproducimos aquí es el de la edición de 1881.

No es de extrañar que Giner se hiciera cargo de la edición de estas rimas de su amiga, ya que ella le consultaba con frecuencia sobre detalles referentes a la vida de su hijo. En carta del 8 de setiembre de 1879, cuando Jaime ya tenía tres años y medio, le pide orientación con respecto a sus primeras lecturas. El 19 de setiembre se refiere al 'régimen dietético' recomendado por don Francisco y afirma que 'yo apenas le daría carne; pero su abuela se empeña en dársela diciendo "la carne carne cría"'. El 17 de mayo de 1880, le pide su parecer sobre la educación de Jaime, y mantiene abierta la posibilidad de enviarle a la Institución Libre de Enseñanza. De Pontevedra, el 14 de agosto de 1877, escribe la siguiente apreciación de su hijo:

> A Jaime he vuelto a ver en este viaje, emprendido con el único fin de abrazarle un poquito antes: halléle un poco más fuerte, porque ha de saber V. que no es su organización de las más robustas, apesar de haber sido criado a mis pechos y de tener yo una sangre rica y sana—y de tratarle constantemente por la hidroterapia, aplicada

> ya en duchas, ya en baños de río, ya en baños de mar (por orden de todos los facultativos que le han visto.) Hijo del alma mía! es tan inteligente por ahora, que a veces me asusta: sus ojos tienen una expresión y una profundidad superiores a su tiempo—. Es bien formado, y eso es lo único que me tranquiliza: su cabecita es algo grande. Parece que el cambio de clima le ha sentado bien: ahora come más, y está muy alegre.

Más tarde en el mismo año confía a don Francisco la siguiente efusión de sentimiento e inquietudes maternales:

> Yo que he tenido siempre una condición tan plástica y goëtiana (no se ría V.) que roto un horizonte me he vuelto a otro, y a cien mil, no eché de menos a Jaime, hasta que nació: pero ahora, cifro en él mi mayor encanto: y como si la naturaleza quisiera fomentar mi ilusión, parece que esta criatura tiene dotes no diré singulares, pero cuando menos bastante dignas de la atención de una madre. Es muy inteligente y de comprensión facilísima; la mirada de sus ojos viene de muy lejos y es interrogadora como pocas; y su natural parece dulce y afectuoso y fácil de guiar con extremo. Esto último no acaba de satisfacer: porque recordando lo que decía el sabio Fénelon acerca de la naturaleza indómita, pero fértil y poderosa, de su real discípulo, temo que lo que facilita nuestra tarea y nos alhaga, sea en el fondo impotencia y pobreza. No lo quiera Dios. Su físico es bueno, pero tiende a ser delicado y esbelto como una mujer, y le hacen tomar aceite de hígado de bacalao mezclado con cognac y Jerez (medicación que, entre paréntesis, admira aquí un poco.)

A pesar de su delicadeza física, Jaime sobrevivió a las dosis de aceite de hígado de bacalao y otras terapias a que fue sometido; se casó con Manola, hija segunda del conde de Esteban Collantes, y tenía un hijo único, también llamado Jaime. Padre e hijo fueron asesinados a principios de la Guerra Civil, en la matanza de la calle de Goya. Según Crespo del Río: 'El hijo sobrevivió unos segundos a su padre. Parece ser que las balas del pelotón de ejecución no alcanzaron al hijo y éste se incorporó para tapar la cabeza de su padre ya muerto, instante éste en que fue ejecutado.' En 1916 doña Emilia había renunciado a su título de Castilla (aunque guardaba su título pontificio) en favor de Jaime, quien se hizo conde de la Torre de Cela. Había heredado el carlismo de sus padres y al parecer quería 'encarnar el tipo de hidalgo provinciano que era su padre, visto a través del temperamento literario de su madre'.[23]

Doña Emilia califica a *Jaime*, en carta a Menéndez Pelayo, de 'efusioncillas líricas de corte alemán',[24] haciendo hincapié en la influencia heineana, así como la presencia inspiradora de Bécquer, el de los 'suspirillos líricos, de corte y sabor germánico', como escribió Gaspar Núñez de Arce en 1875. La emoción se concreta en un lenguaje sobrio y una imaginería sencilla (véanse, por ejemplo, números I, IV y VI), y la estructura estrófica de muchos de estos versos crea una sensación de serenidad casi extática. La ordenación de las poesías no parece seguir un esquema temático muy rígido, aunque la primera parte se centra más en la felicidad de la madre y la inocencia del niño, mientras que en la segunda parte se desarrollan los temas del desengaño, la inocencia perdida y la muerte.

El tono de las demás poesías aquí publicadas es muy variado y ecléctico. El único grupo homogéneo sobre el que cabe llamar la atención son las obras inspiradas por el neo-catolicismo y el carlismo, a saber, los números 18, 19, 24, 25, 27, 30, 32, 33, 37 y 38 del *Álbum*. Significativamente, ninguna se publicó, y todas (con la excepción de *Otras poesías*, 5) se encuentran en el *Álbum* manuscrito. La intensidad del compromiso de doña Emilia en la causa de don Carlos y el catolicismo ultramontano puede sorprender a algunos lectores que suponen que el monarquismo liberal de su madurez era una constante de su ideología. La verdad es que hasta 1869 compartía el progresismo de su padre, pero, horrorizada por el anticlericalismo de las Cortes Constituyentes de 1869, se alistó en las filas carlistas, llegando a emprender un viaje a Inglaterra para comprar fusiles.[25] A mediados de los años 70 se moderaba su entusiasmo, y desde entonces se realizaba su vuelta hacia el centro político.

Notas a la Introducción

1. Emilia Pardo Bazán, *Obras completas*, III, ed. Harry L. Kirby, Jr (Aguilar, Madrid, 1973), p. 713.

2. Véase Luis F. Díaz Larios, 'Víctor Balaguer y Emilia Pardo Bazán: páginas inéditas', *Anales de la Literatura Española*, VI (1988), 205-15 (p. 210).

3. Véase José Montero Padilla, 'La Pardo Bazán, poetisa', *Revista de Literatura*, III (1953), 363-83 (p. 383).

4. *El Castillo de la Fada* apareció en Vigo en 1866 en un folleto de 36 páginas publicado por la Biblioteca de *El Miño*, e impreso en el Establecimiento Tipográfico de D. Juan Compañel. Para más información sobre las primicias literarias de doña Emilia, véase Juan Paredes, 'Los inicios literarios de una escritora: dos obras desconocidas de Emilia Pardo Bazán', en *Estudios sobre 'Los pazos de Ulloa'*, ed. Marina Mayoral (Cátedra/Ministerio de Cultura, Madrid, 1989), pp. 175-88.

5. En carta a Francisco Giner, fechada el 26 de abril de 1909 (París), doña Emilia dice: 'Temo a la sugestión de Cortés, sentida por mí desde los 8 años, en que escribí un ¡poema!! en octavas, sobre el asunto. ¿No es raro que toda una vida se sienta un tema, y que cerca de los 60 años se empiece a poner por obra?' (Papeles de Giner, Real Academia de la Historia, Madrid. Sesenta y dos cartas manuscritas de la Pardo Bazán a Giner.) Véase también el prólogo de Luis Araujo-Costa a Emilia Pardo Bazán, *El lirismo en la poesía francesa* (Editorial Pueyo, Madrid, [1923]), p. viii. Una hispanófila, Mrs Steuart Erskine, al describir una comida celebrada en casa de doña Emilia poco antes de morir ésta, confirma el entusiasmo de la autora gallega por Cortés: 'After lunch she was talking eagerly about her projected book on Hernán Cortés. In the discussion her eyes shone with enthusiasm, and she radiated exaltation and mysticism when she spoke of the spiritual side of that sturdy hero's mission to the Mexicans and the boldness with which he carried the cross into the stronghold of the heathen' (*Madrid Past and Present*, John Lane, The Bodley Head, London, 1922, p. 216).

6. *Obras completas*, III, 701.

7. *Obras completas*, III, 712.
8. Hablando a Giner del estado enfermizo de su hija, Blanca, doña Emilia escribe (el 6 de setiembre de 1879): '¿Quería V. creer que tengo remordimientos de mis pesimismos y dolores intelectuales, como si ellos pudiesen haber influido en el temperamento de este ángel? Este dilettantismo a que me entregué con melancólico goce, influiría quizá en mis males, que reflejaron sobre mi lactancia.'
9. *Obras completas*, III, 713.
10. Se trata de 'La inundación', *El Lérez*, 10 de noviembre de 1879, y 'La nevada: enero', *El Diario de Lugo*, 18 de enero de 1880.
11. Montero Padilla (1953), p. 381.
12. Véase Emilia Pardo Bazán, 'Fortuna española de Heine' (1886), *Obras completas*, III, 693.
13. *Obras completas*, III, 710.
14. Véase Nelly Legal [Clémessy], 'Contribution a l'étude de Heine en Espagne: Emilia Pardo Bazán, critique et traductrice de Heine', *Annales de la Faculté des Lettres et Sciences Humaines de Nice*, núm. 3 (1968), 73-85.
15. Para esta cita y las dos siguientes, véase 'La vida contemporánea', *La Ilustración Artística*, año 28, núm. 1.410, 4 de enero de 1909, p. 26.
16. Tampoco se puede descartar la influencia indirecta alemana a través de Bécquer, Florentino Sanz y Ferrán. Así se explica que la 'Fantasía' de 1867 se subtitula 'imitada del alemán'. Sobre la influencia de Bécquer, véase Montero Padilla (1953), p. 382.
17. Según Ricardo Palma, *Recuerdos de España* (J. Peuser, Buenos Aires, 1897), pp. 135-41, Jaime era ahijado de bautismo de don Carlos de Borbón. Giner se burló de doña Emilia con motivo del nombre de pila de su hijo, y ella contestó en carta fechada el 21 de marzo de 1877: 'Amigo mío, desconozco su moderación de V. en las frases que le sugiere el nombre de Jaime que V. propone irónicamente sustituir por el de Carlos. Acaso es eso lo peor de lo peor? Llámele V. obsesión o posesión, yo me siento aún dominada por la idea de un estado vigorosamente regido por una Voluntad: si es un error este, celebraré poder desecharle.' A la primera hija de doña Emilia (nacida el 18 de agosto de 1879) le pusieron el nombre de una hija de don Carlos (Blanca). Sin embargo, para octubre de 1881, cuando nació su segunda hija, la autora ya se había alejado del carlismo lo suficiente como para pasar por alto a las otras hijas del pretendiente y poner a su hija un nombre que no figura en el santoral carlista (Carmen).
18. 'En fait, nous savons par D^{a}. Blanca de Cavalcanti qu'ils datent bien de 1875', dice Nelly Legal [Clémessy] en 'Contribution a l'étude de Doña E. Pardo Bazán, poétesse. "Gatuta", une composition peu connue

de l'écrivain galicien', *Bulletin des Langues Néo-latines*, núm. 162 (1962), 40-43 (p. 42, nota 9). En el 'Estudio preliminar' a Emilia Pardo Bazán, *Obras completas*, I, 4ª. edición (Aguilar, Madrid, 1964), p. 25, Federico Carlos Sainz de Robles afirma que 'los poemillos del librito *Jaime* le estaban dedicados nonnato aún'.

19. *Obras completas*, III, 713-14.

20. Estos datos han sido recogidos de dos cartas entre los Papeles Giner, Real Academia de la Historia, una sin fecha y otra fechada el 20 de febrero de 1881. Véase también Alberto Jiménez Fraud, 'Jaime, doña Emilia y don Francisco', *Papeles de Son Armadans*, XXVI (1962), núm. 77, 171-82.

21. *Emilia Pardo Bazán, romancière (la critique, la théorie, la pratique)* (Centre de Recherches Hispaniques, París, 1973), p. 43.

22. En carta a Menéndez Pelayo doña Emilia escribe (probablemente en 1890): 'Adjunto los dos Jaimes. No tengo más aquí. Ya es obra rara. Hay una edición de 2 ejemplares no más, de Nancy. Se la enseñaré cuando venga V. acá' (Marcelino Menéndez Pelayo, *Epistolario*, 23 tomos, ed. Manuel Revuelta Sañudo, Fundación Universitaria Española, Madrid, X, 556). En otra carta le dice que le envía 'la variante de Jaime' (IX, 464).

23. Véase Crespo del Río, 'En el centenario de la condesa de Pardo Bazán: Las Torres de Meirás', *Spes*, VIII, núm. 201, setiembre de 1951, 3-6 (p. 3 y, para la cita, p. 5).

24. *Epistolario*, V, 277.

25. Véase nuestro artículo 'Pardo Bazán and the Rival Claims of Religion and Art', *Bulletin of Hispanic Studies*, LXVI (1989), 241-50 (pp. 243-44).

POESÍAS INÉDITAS U OLVIDADAS

El Castillo de la Fada

Leyenda fantástica[1]

Introducción

El sol ya se va ocultando:
deja tu labor, María,
que empleaste bien el día,
no tengo queja de ti.
Enciende el candil tomado
que nuestro hogar ilumina,
y, arreglada la cocina,
siéntate cerca de mí.
Leyendo estoy en tus ojos.
10 ¿Quieres oír una historia
de amor, de combate o gloria
de las que te cuento yo?
¿O la leyenda famosa
del conquistador Germano?
¿O la infausta de Atilano
que envenenado murió?
Mas estas ya son sabidas;
y si una nueva pudiera
referirte, yo te hiciera
20 los cabellos erizar,
y con la vista turbada
y el corazón oprimido,
ver un espectro escondido
en las llamas del hogar.
¡Ah!, ya me acuerdo. Oye atenta,
no interrumpas mi relato,
pues de referirte trato
un hecho que me contó
mi madre cuando era niño
30 en una larga velada,
melancólica balada
que jamás se me olvidó.

I

¿No recuerdas que a orillas del río
cuyo curso se tuerce al poniente
una torre grandiosa, imponente
alza altiva su noble esbeltez?
¿No recuerdas sus altas almenas
que la yedra corona frondosa;
no recuerdas su sala espaciosa
40 que te hice admirar una vez?
Sobre una verde colina
se alza esta torre gigante
que todo el país domina;
por la parte de levante
le presta sombra una encina.
De la colina a la falda
se reclina un pueblecito,
semejante a una guirnalda
50 de madera o de granito
sobre un celaje de gualda.
Un sendero tortuoso
bajaba desde la altura
como un lazo caprichoso
que la uniese a la llanura
en paramento gracioso;
y abajo, con su corriente
placentera y sosegada,
luce el río mansamente
60 su superficie, rizada
por las auras levemente.
Raras veces el pie humano
por el sendero transita
ni desciende de él al llano;
pues rudo pavor insano
los espíritus agita,
y cuando casualmente
pasan cerca del Torreón,
todos la morena frente
70 con extraña conmoción
santiguan devotamente.
De la Torre misteriosa
con almenas coronada
cuentan como cierta cosa
que allí reside una hermosa
y melancólica fada;

y que en las salas sin cuento
hay una yerba bendita
que tiene virtudes ciento:
80 cogida en cierto momento
a los muertos resucita;
que la fada al atrevido
que el remedio a coger fuere
tiene del ropaje asido
y le hace que, conmovido,
diga para qué la quiere.
Si es justo el motivo y cierto,
le da la yerba que sana
y guía su paso incierto;
90 si miente, aparece muerto
a la siguiente mañana.
¡Qué terrible tradición!
ya ves, mi hermosa María,
que en su extraña conmoción
al santiguarse tenía
el campesino razón.

II

En el pueblo pacífico y rïente
que se solaza al pie de la colina,
y hacia el río de límpida corriente
100 los blancos brazos con amor inclina,
en paz tranquila y amistad dichosa
deslizaban dos jóvenes hermanos,
viviendo del trabajo de sus manos,
su monótona vida silenciosa.
Gemelos son; su fraternal cariño,
en tan sólidas bases cimentado,
entre los juegos comenzó del niño,
y en el joven siguió más acendrado,[2]
cuando, vertiendo llanto doloroso,
110 ajenos del alegría y de consuelo,
vieron su padre, anciano y achacoso,
abandonar la tierra por el cielo.
Su mutuo amor, su edad, sus ilusiones
borró el pesar de su orfandad doliente,
y en sus dos juveniles corazones
dulce esperanza renació riente.

Llámanse Álvaro y Juan. Tan semejante
es su gallardo porte y cuerpo bello,
que parece uno mismo su semblante
120 y sus ojos anima igual destello;
pero hace tiempo que notó la gente
que, mientras Juan entusiasmado canta
y ríe y charla y juega alegremente,
Álvaro la cabeza no levanta,
y en sus ojos un círculo azulado
denota una tenaz melancolía,
y parece, abatido y doblegado,
dar un eterno adiós a la alegría;
no concurre a las fiestas, ni comprende
130 que en él fija los ojos todo el mundo;
y Juan a cada paso se sorprende
al ver alejamiento tan profundo.

III

Del pueblo a la conclusión,
y el río no muy lejos,
se alza una casita blanca
en un sitio pintoresco.
Por todas partes la cercan
[verdes árboles espesos],[3]
lilas y adelfas floridas,
140 naranjos y limoneros.
Casi no se ve la casa
entre su frondoso cerco,
ni sus pequeñas ventanas,
ni el jardín también pequeño.
¿Mas para qué quiere flores
este oasis placentero,
si encierran sus muros grises
el lirio más puro y bello,
la azucena más gallarda,
150 el clavel más hechicero,
Aura, la estrella de amores,
la más bonita del pueblo?
Rodean su lindo rostro
sus abundantes cabellos,
afrenta del azabache
como sus ojos del fuego;
su talle se balancea

como palma del desierto;
su boca amable sonríe
160 nácar y perlas luciendo...
Y si es hermosa la niña,
no lo preguntó al espejo,
pues tiene tan dulce porte,
continente tan modesto,
que parece que no sabe
que es su semblante tan bello.
Aura sale muchas veces
con los brazos descubiertos,
y un canastillo de ropa
170 terciado al brazo derecho,
e inclinada sobre el río
lava con afán y anhelo.
Pero a veces, melancólica
la ocupación suspendiendo,
un suspiro misterioso
deja escapar de su pecho;
mira a las aguas tranquilas,
al horizonte de fuego
que el sol poniente arrebola
180 con mil celajes diversos;
y entre suspiro y sonrisa
vuelve a recoger el cesto
y se dirige a su casa
por el usado sendero,
siempre mirando a los árboles,
al horizonte y al cielo.

IV

—Álvaro, un pesar te aqueja;
no me lo niegues, por Dios;
bien sabes que me ofreciste
190 abrirme tu corazón.
Tú estás triste; tú no puedes
disimular tu dolor;
dime cuál es el motivo
de tu afán, de tu aflicción—.
Y Juan, con cariño inquieto,
a su hermano rodeó
al cuello los rudos brazos,
ciñéndole con amor.

—¡Oh! ¡Déjame! —Álvaro dice
200 con melancólico acento—.
Mis males los cura sólo,
Juan, el olvido y el tiempo.
Mas... pues quieres que te diga
mi doloroso secreto,
pues quieres que te revele
lo que se alberga en mi pecho,
júrame que guardarás
un absoluto silencio.
—Lo juro—. Escúchame pues.
210 Amo a un ser radiante y bello
(ignoro si es ángel puro
o creación del infierno)
que me persigue de día,
que me aparece entre sueños,
y cuya espléndida imagen
siempre ante mis ojos tengo.
¡Yo la seguí como sigue
al remolino del viento
la frágil hoja que arranca
220 del débil tallo el invierno!
¡Yo paseé por su calle,
fijo en ella el pensamiento!
¡Ojalá que el amor mío
al nacer hubiese muerto!
¡No sentiría hoy mi alma
este espantoso tormento,
ni horadarla gota a gota
una corriente de fuego;
no el dardo agudo sintiera
230 de desgarradores celos;
no un pensamiento de muerte
terrible, sombrío, intenso,
guardara y acariciara,
cual áspid de hinchado cuello
que entre flores se cobija
aguardando al viajero!
—¡Qué dices!— Que existe un hombre
a quien yo he visto, hace tiempo,
conversando con mi amada
240 por la ventana en secreto;
era de noche... Yo ignoro
quién es; ¡pero le aborrezco!

—¡Loco estás, hermano mío,
loco de furor y celos!
—¡Le mataré, no lo dudes!
—¡Qué terrible pensamiento!
—¡Ah! ¡no te admire, Juan! Yo no pretendo
que ayudes a mi amor, ni a mi locura;
pero en matar a mi rival comprendo
250 que estriba solamente mi ventura.
¡Oh! deja, sí, porque matarle quiero
y volverle dolor por mis dolores;
y hace ya tiempo la ocasión espero
de vengar mi desdicha y mis amores.

V

Es una noche tranquila
y serena y silenciosa,
en que la suave luna
pardas nubes encapotan.
Abren las flores lozanas
260 sus purpurinas corolas,
y la agradable frescura
respiran con ansia loca.
Apacible lleva el río
sus puras rizadas ondas
al pie del pequeño pueblo,
que blandamente reposa;
las tinieblas son espesas
entre las calles angostas,
y cae una lluvia fina
270 que se disipa en la atmósfera.
En una calle sombría
y callada y misteriosa
que hacia el extremo del pueblo
corre en vuelta caprichosa,
y cuyas casas pequeñas
rodean huertas frondosas
a su espalda colocadas,
a la luz trémula y roja
de un farol agonizante
280 se destaca entre las sombras
un bulto, que es imposible
ver su verdadera forma.

El bulto cauto adelanta
y su oscura capa emboza;
después al farol se acerca
y la débil llama sopla,
que por un momento oscila
y luego se apaga toda.
Entonces el negro bulto
290 con precaución recelosa
mira para todos lados
y, viendo la calle sola,
a una reja se aproxima.
Un silbido de su boca
deja escapar; y al momento,
como visión vagarosa
de esas que en las nubes rápidas
envueltas en gasas flotan,
aparece en la ventana
300 una delicada forma;
y dice con voz que imita
los ecos del arpa eólia:
—Mucho has tardado, y creí
que no vendrías, bien mío.
¿Fue ocupación o desvío
lo que te alejó de mí?
—¡Desvío! Pues ¿tú no sabes
hasta dónde yo te quiero?
¡Te amo, como al reguero
310 aman las sedientas aves,
como el árbol a su flor,
como el pájaro a su nido,
como el niño que ha perdido
a la madre de su amor!
—El verte me da consuelo:
pues si tardas un momento,
con fatal presentimiento
se cubre el alma de duelo;
cuando no oigo tu querer
320 ni me alegra tu alegría,
siempre temo, vida mía,
que no he de volverte a ver.
—Aura fresca y deliciosa,
lirio del valle galano,
bien ves que formaste en vano
tu sospecha dolorosa.

Adiós, es muy tarde ya,
y tal vez Álvaro espera.
—No te vayas. —¡Si pudiera!
330 Pero mi hermano querrá...
—Adiós, vida de mi vida.
—Adiós, Aura, hasta mañana—.
Y la niña la ventana
cerró tras la despedida.
El galán con paso lento
dejó la calle, embebido
caminando distraído
en un dulce pensamiento.
Pero la esquina al volver,
340 lanza un gemido doliente
y cae pesadamente
sin poderse sostener,
con el pecho atravesado
de puñalada traidora,
y el nombre de la que adora
en el labio ensangrentado.
El eco de su gemido
débil y desgarrador
sin duda hirió con dolor
350 del asesino el oído,
pues saliendo de la esquina
donde se estuviera oculto,
mostró el embozado bulto
y hacia el herido se inclina.
Procura su rostro ver:
¡vano afán!, ¡inútil duelo!
Está muy oscuro el cielo,
y no lleva que encender.
En esto apareció la luna un poco
360 y el rostro iluminó lívido y frío;
y el matador, desatentado y loco,
huyó de allí gritando: «¡Hermano mío!»

VI

Al fin el ancha bóveda del cielo
iluminó la luna plateada,
tendiendo cariñosa por el suelo
su virginal y lánguida mirada.

Las grises nubes su cendal pesado
rasgaron en pedazos dividido,
y a lejanos confines relegado
370 huyó doliente su escuadrón vencido.
En el profundo azul se reflejaron
las pálidas estrellas pensativas,
y sobre el mar tranquilo chispearon
con prestigio fugaz sus luces vivas.
El sombrío Castillo dibujóse
que tiene por cimiento una colina;
su fantástica sombra reflejóse
sobre el sereno río que domina.
Encaje de granito
380 magnífico, grandioso,
el río reproduce
en cinta de cristal;
parece al que lo mira
prestigio misterioso,
alcázar que vacila
fantástico y fugaz.
Aquél que mira al río
y ve la mole inmensa
que tiene por espejo
390 la cinta de cristal,
desea dirigirse
con tentación intensa
al fondo de las aguas
que ve reverberar.
La luna que ilumina
con plácido reflejo
en chispas saltadoras
la cinta de cristal,
encanto presta extraño
400 al singular espejo
donde la Torre antigua
se ve reverberar.

VII

El sendero
que conduce
a la Torre
solo está;

blanca cinta,
se le mira
por la altura
410 serpear.
  Mas de pronto
se distingue
un fantasma
o visión—
que tal debe
ser sin duda
el que sube
al Torreón.
  Sus cabellos
420 mece el viento;
corre ansioso
sin parar;
la aspereza
del camino
no le obliga
a reposar.
  Si de cerca
se le mira,
bien se deja
430 conocer,
que algún hombre
enajenado
el fantasma
debe ser.
  Nada cubre
su cabeza;
tiene extraña
palidez;
brilla el llanto
440 en sus ojos,
y vacila
sin caer.
  De su boca
las palabras
balbucientes
salen ya,
y murmura
locamente,
y no sabe
450 dónde va.

Es Álvaro infeliz que sube ansioso,
mientras la clara luna le ilumina,
y lleva impreso en la arrugada frente
el sello de Caín el fratricida.
¡Era mi hermano! —exclama y se detiene—
¡a quien asesinó mi saña impía!
¡Era mi hermano!, ¡y le maté!, ¡y su sangre
bañó mi mano en oleada tibia!
Si mi esperanza no defrauda el cielo,
460 si hallo la yerba mágica y bendita,
en cambio de la vida de mi hermano,
Dios de inmensa piedad, ¡tomad la mía—!
Y asciende en el sendero fatigoso,
y a todas partes agitado mira,
cual si viera el espectro de su hermano
fijando en él las cóncavas pupilas.
Cerca está de la Torre; y un suspiro
de su [garganta] escápase oprimid[a],[4]
y dos ardientes lágrimas de fuego
470 resbalan por sus pálidas mejillas.

VIII

Una puerta destrüida
al Castillo da la entrada,
muy pocas veces usada
y del tiempo carcomida.
Álvaro empujó la puerta
con sus temblorosos brazos;
cayeron varios pedazos,
y franca quedó y abierta.
En su frente húmeda y fría
480 brilló extraña agitación,
mientras que su corazón
apresurado latía.
Avanzar no es fácil cosa,
pues, aunque franca la entrada,
le espantaba aquella helada
oscuridad cavernosa.
Tendió la vista hacia bajo
y vio la aldea dormida,
y, perezosa y perdida,
490 la corriente por debajo.

En la pared se reclina
pálido y desatentado,
pues cree que han agitado
el ramaje de la encina.
Vibradoras y pausadas
trajo la brisa a su oído
con poderoso sonido
doce lentas campanadas;
y estremecióse temblando
500 y lanzóse por la puerta
con planta débil, incierta,
en las piedras tropezando.
Atravesó una larga galería,
do sus pisadas resonaban huecas
y el triste rayo de penosa luna
iluminaba las mohosas grietas.
Altas arcadas góticas ornaban
sus elevados muros, encubiertas
por largos pabellones de follaje
510 de retorcida y caprichosa yedra.
Las frías losas a los pies rechazan;
y en iguales monótonas hileras
tumbas se miran, do acostados yacen
nobles barones de tallada piedra.
Al terminar la larga galería,
Álvaro tropezó con una puerta,
que empujó con el pie; lento chirrido
lanzó, mostrando una abertura negra.
Álvaro, al contemplarla, se estremece;
520 todo su cuerpo conmovido tiembla;
baña su frente el frío de la angustia,
y un rato duda y abrumado queda.
En esto ve a su hermano, atravesado
el joven pecho con herida artera,
y lanza un grito, y trémulo se arroja
por el dintel de la pequeña puerta.
Ya nada ve. Con paso vacilante
corta de larga sala las tinieblas.
Le sostiene su fe; piensa en la Fada
530 que ha de mostrarle la bendita yerba;
y con el corazón desfallecido
y el alma ardiente de temores llena,
domina su terror, y allá en la bóveda
resonar oye sus pisadas huecas.

IX

Mas de pronto lanza un grito
aterrador, espantoso,
al que un eco cavernoso
sordamente contestó;
y quiere andar adelante,
540 y todo su esfuerzo es vano.
Grita: «¡Vengo por mi hermano!»,
y «¡Hermano!» una voz gritó.

No sin motivo se agita,
su temor es bien creíble,
pues una mano invisible
le sujeta a la pared;
y es necio su devaneo,
y es inútil su porfía,
y en vano se sacudía
550 una y otra y otra vez.

Por fin se aquieta y detiene
en actitud sosegada;
que es la mano de la Fada,
piensa, quien le coge así.
Y dice: «Dame la yerba
que los muertos resucita;
mi hermano la necesita:
por eso he venido aquí.

«Yo mismo le di la muerte,
560 llevado de error insano,
y al conocer a mi hermano,
a venir me apresuré.
Por el cielo te conjuro,
Fada bella bienhechora,
que la yerba salvadora
me des; si no, moriré.»

Nadie contestó: tan sólo
oyóse un largo gemido,
muy semejante al ruido
570 del Aquilón al zumbar;
y Álvaro tembloroso
quiere seguir adelante,
y conoce que al instante
le vuelven a sujetar.

Tiembla; su razón vacila;
conoce que en fuego ardiente
hierve abrasada su mente,

y le salta el corazón.
Para ver quién le detiene
580 tiende los brazos; en vano;
no tiene cuerpo la mano
que a la pared le clavó.
Entonces, con desaliento,
la frente en sudor bañada
y la razón trastornada,
quiere y no puede llorar.
De pronto, una visión bella,
el corazón consolando,
ve aparecer, disipando
590 la siniestra oscuridad.

X

La lánguida Fada
con ojos azules,
envuelta entre tules
la pálida faz,
en trono de nubes
que cerca el espacio,
aéreo palacio,
se ve reclinar.
Rodéanla miles
600 de bellas visiones
que gratas canciones
entonan con fe,
en arpas de oro
con célico canto:
dulcísimo encanto
siente quien las ve.
La Fada sonríe
y tiende los brazos,
y plácidos lazos
610 con ellos formó
al joven, y un beso
que quema su frente
inspírale ardiente
fugaz emoción.
El joven la sombra
que vaga flotante
desea un instante
allí sujetar,

y cual niebla leve,
620 cual grato rocío,
cual onda del río,
la ve disipar.
La luz deliciosa,
el canto sonoro
del arpa de oro
se borran también;
y fuegos azules
y rojas llamadas
distingue abrasadas
630 cercando su sien.
En esto —la frente
cual pálida cera,
la boca severa
y lívida faz,
el pecho vertiendo
la sangre encendida,
oculto en la herida
el fiero puñal—
distingue aterrado
640 a Juan moribundo,
gemido profundo
lanzando al morir;
y Álvaro quiere
hablar, y es en vano,
la voz de su hermano
doliente al sentir.

XI

De pronto, la faz torva contraída,
con talla de gigante Juan se alzó,
y, tomando la sangre de su herida,
650 al rostro de su hermano la arrojó.
—¡Caín! —grita con voz aterradora—,
asesino traidor, ¡yo te maldigo!
¡Pueda el cielo y la tierra desde ahora
negarte fe y amor, perdón y abrigo!
Y con rabia y con vértigo y locura
la enorme herida con la mano ensancha,
y sangre arroja nuevamente al rostro
de su hermano infeliz, que tiembla y calla;

y siente cual si fuego liquidado
660 su faz cubriese en densas oleadas,
y juntando las manos suplicantes
piedad sumiso con terror demanda.

XII

Huye la visión horrible,
cesa la impresión del fuego,
y en consuelo indescriptible
a la Fada vuelve a ver,
con sus cabellos dorados
y con su dulce sonrisa
y sus ojos azulados
670 y su amable languidez.
Trae en sus manos divinas
un haz de yerba de oro,
con las flores peregrinas
de esmeralda y de rubí,
y a lo lejos se divisa
un paisaje delicioso,
que acaricia mansa brisa,
y se pierde en el cenit.
Como lleva
680 la bonanza
tras la oscura
tempestad
dulce rayo
de la luna
que convida
a bogar,
así el joven
extasiado
siente el alma
690 sonreír,
y contempla
las visiones,
y se alegra
y es feliz.
Y las arpas de dulce melodía,
de delicado misterioso son,
llevan la amena faz y la alegría
hasta su conmovido corazón.

Siente flores ceñidas a su frente,
700 cuyo perfume le embriaga el alma,
y allá a lo lejos el murmurio siente
del mar sereno que suspira en calma.
A sus plantas conoce que ha tejido
un frondoso tapiz la primavera,
y el pecho siente con placer henchido
del dulce afán de la ilusión primera;
y los ojos cerró suavemente
para gozar con plácida delicia,
y orea en tanto su ardorosa frente
710 del aura perfumada la caricia.
Y en el instante mismo un frío agudo
sintió en el cuello con dolor insano,
y abrió los ojos y, de asombro mudo,
vio delante el espectro de su hermano.
Los rudos fríos descarnados brazos
a su garganta estrechos le ceñía
en funerales espantosos lazos;
y la lívida boca sonreía.
Lumbre fosforescente y azulada
720 rodeaba al espectro repugnante,
por la muerte sin duda colocada,
y en sus hundidos ojos chispeante.
—¡Piedad! —gritóle en angustioso acento
Álvaro palpitante en su agonía.
—¡Piedad! —gimió con su rumor el viento—,
¡piedad!— y el esqueleto se reía.
Del cuello la estrechísima lazada
soltó por fin el vengativo hermano,
y, volviendo la frente descarnada,
730 una señal produjo con la mano.

XIII

Como agrupa la tormenta
en revuelto torbellino
con su ráfaga violenta
blancas olas en la mar,
así en marcha silenciosa
esqueletos descarnados
a la señal misteriosa
se vinieron a juntar.

Parecía que brotaban
740 de la tierra por doquiera;
sus mortajas se plegaban
de sus huesos en redor;
y debajo las arcadas
decorando el aposento,
avanzaban ciento y ciento
en callada procesión.
Agarrados de la mano,
los sudarios arrojando,
silenciosos esperando
750 de su danza la señal,
sus estúpidas miradas
paseaban por doquiera,
y sus filas apretadas
estrechaban más y más.

XIV

Y en rápido vuelo,
en loca alegría,
su danza frenética
se vio principiar;
del joven en torno
760 con rara armonía
bailaban, y música
de extraño sonar.[5]
El choque que hacían
sus dientes y huesos
castañeteando
con rabia y furor,
el eco fatídico
de sus carcajadas,
guiaba en cadencia
770 la danza veloz.

XV

Cuando el rápido baile comenzaron,
al compás singular y fatigoso
los cuerpos muellemente menearon
en lánguido balance perezoso.

Mas luego aumenta su anhelo
y crece su insano afán,
y dando más prisa van
al vertiginoso vuelo.
Aumenta el rüido,
780 y apuran la danza,
y se precipitan
y vienen y van.
Y chócanse cráneos
y cóncavos ojos
y pálidos huesos
con furia tenaz.
La prisa
se aumenta;
¡qué rara
790 fusión!;
se lanzan,
se pierden
con ansia
veloz.
La danza
los junta,
y Álvaro
ve
que cerca
800 los tiene
y vanle
a envolver.
Lanza
grito
de terror;
cae
al suelo
con dolor.
Y como de la lira el dulce acento
810 se pierde en vagarosa lontananza,
así llevóse el suspirante viento
los fantásticos ecos de la danza.[6]

XVI

Pocos días después, el pueblo entero,
en confuso tropel amontonado,
por el estrecho rápido sendero
al Castillo subía alborotado.

Y contábanse a fe muy raras cosas,
muy extrañas fatídicas consejas,
que con cascadas voces temblorosas
820 mutuamente decíanse las viejas.
Las desgracias comentan con espanto
[a] Álvaro y su hermano acaecidas,[7]
y hablan de sortilegios y de encanto
y de sangre y de muertes y de heridas.
Sin duda a los dos hermanos
contraria les fue la suerte:
en esto no se engañaba
la atemorizada gente.
Juan fue hallado moribundo
830 a la mañana siguiente
de aquella noche fatal
de luto, de horror y muerte;
Álvaro despareció [*sic*],
sin que nadie comprendiese
cómo en tal trance abandona
a Juan, que tanto le quiere,
dejándole morir solo,
sin nadie que le consuele.

XVII

Buscáronle por doquiera,
840 sin que nadie dar razón
de su desaparición
en todo el pueblo pudiera;
pero por azar un día
halló un pastor su sombrero
al principio del sendero
que a la altiva Torre guía.
El camino abandonado
comenzaron a ascender,
pudiendo reconocer
850 el piso de nuevo hollado;
y al acercarse a la puerta
con admiración notaron
que cerrada la dejaron
y la encontraban abierta.
Cruzaron la galería
imponente y silenciosa
y la sala misteriosa
(y no sin miedo, a fe mía);

y una puerta tropezaron,
860 y con acento de espanto
«¡Virgen pura! ¡Cristo Santo!»
llenos de terror gritaron.
Y no me extraña por cierto
su horrible sorpresa helada,
pues del salón a la entrada
Álvaro yacía muerto.
Un trozo de su vestido
la puerta tal vez cogió
cuando de abrirla trató,
870 y por él se encuentra asido;
y ésta la invisible mano
fue que causó su agonía,
cuando soñó que veía
el espectro de su hermano.

Conclusión

Mas hoy aún la tradición publica
que fue la mano de la bella Fada
la que detuvo al joven en la entrada,
y así su muerte la creencia explica,
diciendo le mató porque mentía
880 al pedirle la yerba salvadora,
siendo así que su hermano a aquella hora
herido estaba, sí, pero vivía.
Guió el puñal la fratricida mano,
y Juan sanó de la profunda herida,
aunque algún tiempo le enlutó la vida
el recordar al infeliz hermano.
Pero de Aura el amor le dio consuelo,
a quien pronto condujo a los altares;
ella borró sus lánguidos pesares
890 y hacerle supo de la vida un cielo.
Y entre tanto, a la gente acobardada,
con extraño prestigio poderoso,
siempre inspiró terror supersticioso
el siniestro CASTILLO DE LA FADA.

Álbum de poesías

[1] Al señor Don Salustiano Olózaga.
Soneto[1]

Mientras gime la pátria destrozada
Y por el mundo entero escarnecida
Introduciendo en la cruel herida
Sus propios hijos la sangrienta espada;
Mientras vé la ambición desenfrenada,
La generosa libertad perdida,
La virtud sin motivo perseguida,
Y la justicia sin pudor hollada;
Guardar á ti tan solo te fué dado
10 De libertad la idea bienechora
Que siempre fué tu lábaro sagrado;
Por eso la doliente pátria ahora
Llanto vertiendo por su triste estado,
Ancora en ti contempla salvadora.

1866

[2] Gustos diversos.[2]

Suele el mundo criticar
El estraviado gusto
O la afición singular,
Que al hombre conduce á amar
Lo que a otros causa disgusto;
Y se engaña, segun creo;
Pues si en nuestro corazón
Se alberga ardiente un deseo
El objeto nunca es féo;
10 Lo embellece la aficion.
Por eso el capricho mio
Me pinta más delicioso
El húmedo invierno frio
Que el florido puro estío
Que el templado Abril hermoso

Y más admira mi alma
Del mar la brabura inquieta
Que su bonancible calma;
Más que la elevada palma
20 La humilde y pobre violeta.
Por eso el aficionado
Al sublime arte harmonioso
Escucha atento, extasiado
El canto más destemplado
Cual si fuera delicioso;
Por eso el naturalista
Ni se detiene ni duda
En seguir listo la pista
Por más que se le resista
30 A negra araña velluda.
Por eso hay quien deja á un lado
las delicadas gallinas
Y el rico pavo trufado
Y come un plato atestado
De prosáicas sardinas.
Olvida el víno espumoso,
La suave limonada
Y el Jerez más generoso
Y copas mil bebe ansioso
40 De mistura accidulada [*sic*].
¿Y quién puede averiguar
Ni quién llega á comprender
Ni el porqué del desear
Ni el porqué del detestar
Ni el porqué del no querer?
Pues se ven todos los dias
En el corazón humano
Tan raras anomalías
Caprichos y simpatías
50 Que averiguarlo es vano.
Solo un caso citaré
Del más singular capricho
Que yo he visto ni veré,
Y tambien lo contaré
Lo mismo que me lo han dicho.
Un caballero (no importa
En dónde, cómo ni cuando
Que así el relato se acorta)
La noche ya larga o corta
60 Se la pasaba fumando,

Y al concluir el veguero
Abría de par en par
La ventana el caballero,
Y el cigarro, lo primero
Acostumbraba tirar.
Luego en cama se metia
En menos de un dos por tres;
Pero aconteció que un dia
Asaltóle la manía
70 De hacerlo todo al revés.
Metió con mucho cuidado
En el lecho la colilla,
Y del balcon, apurado
Se lanzó precipitado,
Quedando, es claro, en tortilla.
Aquí se concluye el cuento,
Y quizás alguien me arguya
Que hizo mal; pero yo siento
Que él se quedó muy contento
80 Por que salió con la suya.
Nadie me reprenda, pues,
Si en invierno tomo helado
Y los guantes en los piés
Pongo, y el traje al revés,
Pues para mí, ha mejorado.
Y yo soy de las que créo
Que siempre que el corazón
Alberga ardiente un deséo
El objeto, nunca es féo;
90 Lo embellece la aficion.

Emilia Pardo Bazán 1866

[3] Al Sr. Conde San Juan.[3]

No es mala retractación
La que trajiste, San Juan!
Derechos al corazón
Toditos sus tiros van.
Si hiciste con gran premura
Una fina cortesía
Al empezar la lectura...
Lo negro... detrás venia.

Más si creiste ¡pardiez!
10 Dar fin así á la pendencia,
Perdona por esta véz,
Que está empezando, en conciencia.
¿Habrá ultraje más sangriento?
Habrá insulto más feroz?
Empezar con rendimiento
Y acabar con burla atróz?
Ya mi pluma se levanta
Por sí sola, y el tintero
Desde su negra garganta
20 Te llama — mal caballero
¡Sús! Al combate! y de fijo
Mia será la victoria;
Y en debate tan prolijo
Me coronaré de gloria.
Si se van á mirar las cualidades
Que el sexo masculino nos concede
En todas las edades,
Oirlas con paciencia no se puede:
Pues somos habladoras,
30 Necias y disipadas,
Frívolas, caprichosas, gastadoras,
También engañadoras,
Más nunca, por los hombres engañadas.
Sexo infeliz! Eternamente opreso,
Ya te insultan tus mismos opresores.
¿Pues no son también ellos habladores
Bastante nos lo prueba su Congreso.
Y, no contentos con mover la lengua,
Mueven también la acelerada pluma,
40 Y con falacia suma
Llenan el mundo entero
De esos mismitos sábios folletines,
Que increpas entre irónico y severo.
En cuanto á lo de nécias ¡por mi vida!
¿No hay necios en el sexo masculino?
Disipadas! Yo opino
Que tambien con frecuencia van los hombres
De la disipacion por el camino.
Frívolas nos llamais! Tambien vosotros
50 Rendís el culto a pasagera moda,
Y en hacer bien el nudo á la corbata
Cifra su ciencia toda
El féo sexo, que tan mal nos trata.

Y qué decir debemos
De la moda de incómodas trabillas,
Cuando á los hombres vemos
Luciendo sus delgadas pantorillas?
¿Y los que de albayalde y colorete
Se cubren las mejillas varoniles
60 Y que, sí el sastre el gran error comete
De hacer un pliegue en el chaqué apretado
Ya está su parroquiano incomodado?
Si con detenimiento esto se míra
Viene á salir que el hombre, siempre ciego,
Por la mujer suspira
Presa en los lazos de amoroso fuego;
Y él mismo se condena;
Pues si tanto nos ama, ó bien resulta
Que la mujer es buena
70 Cuando tiene para él tanto atractivo
Si es mala, no concibo
Como el hombre la vé de encantos llena.
Y si, el libro tomando de la historia
Sus páginas doradas
Registramos con fé, de inmensa gloria
Cien mujeres se miran coronadas;
Mil veces desmayando los guerreros
Con vergonzosa fuga
Burláran del contrario los aceros,
80 Si las nobles esposas,
Las doncellas hermosas,
Su conducta increpando
No fuéran su valor reanimando.
Y este sexo tan bello, que Dios mismo
Al hombre concedió por compañero,
Le quieren condenar con vandalismo
A cuidar de un prosáico puchero!
Por Dios que este es el colmo del cinismo!
Cuidará, más no siempre,
90 Que es preciso que el hombre la contemple
Como á mitad del alma,
Y como á la primera preceptora
Del bello niño que su padre adora.

Emilia Pardo Bazán 1866

[4] A Zorrilla.[4]

Dice la pública voz
que a España vuelves, Zorrilla,
y que a Méjico la bella
has dado tu despedida;
que los iberos poetas
te saludan a porfía,
y que España te recobra
como una joya perdida,
que engarzada en su corona
10 de nuevo radiante brilla......
Qué te importa á ti el incienso
que tu patria te prodiga?
qué te importa, dí, que España
entusiasta te reciba?
Bien se comprende el motivo
de su ansiedad egoista:
quieren que abandone el cisne
las estranjeras orillas,
y que prodigue á su patria
20 su suave melodía;
desean que su tesoro
vuelva América a Castilla,
y que tan solo en España
resuene tu grata lira......
Cisne de amor que cantaste
los dolores de María
huye! no hay nada en tu pátria
que no presente á la vista
recuerdos de lo pasado
30 que infunden melancolía,
derribados torreones
y polvorosas ruinas
sobre los cuales prosáico
el presente se entroniza!
Vuelve á Méjico; que allí
hay juventud, sávia, vida;
allí hay árboles jigantes
con sus lianas floridas;
allí de ardientes perfumes
40 gime cargada la brisa;
allí hay ríos que jamás
cortó la proa atrevida,

y cuya ignota corriente
placentera se desliza;
hay flores nó cultivadas,
hay aves desconocidas,
hay un sol de puro fuego
que todo lo vivifica!
Surca otra vez los mares azulados
50 torna á pisar el mejicano suelo,
allí donde los ríos ignorados
reflejan el color de ardiente cielo.
Tú de la virgen selva los horrores
la espléndida y salvaje poesía
cantarás, cual cantaste los dolores
de la madre purísima María.
Y si España te teje entusiasmada
una corona para ornar tu frente,
recíbela, Zorrilla, en la morada
60 que elijas en el Nuevo Continente.

Emilia P.B. 1866

[5] Fantasía.[5]

Cuando en las lentas horas de la tarde
se tiñe de carmín el cielo azul,
de las nubes errantes verte créo
envuelta apénas en el leve túl,
aparición fantástica y divina,
imágen bella, pensativa hurí,
yo te contemplo estático, anhelante,
y son todos mis sueños para tí.
Ah! no me quieras, si no tienes, niña,
10 un volcán en tu puro corazón;
si no guarda tu alma inmaculada
ardiente amor con que pagar mi amor.
Que al fuego comparado, amada mía,
en que mi pecho siéntese abrasar
será tu amor arista imperceptible
gota perdida en el inmenso mar.

E.P.B 1867
(Imitada del alemán)

[6] "Fragmento de los viajes del Peregrino Español, Luis Vermell" Diciembre, día 29.
Concluyo una alegoría que dedico á la precoz poetisa Da. Emilia Pardo Bazán.
He aquí la explicación de dicha alegoría.[6]

Sobre una roca central de entre varias que constituyen un grupo casi simétrico, nace un reducido césped, y de él dos ramas con flores que forman una lira, cuyas cinco cuerdas son otros tantos tallos de delgadas plantas, detrás de las cuales está la musa Erato en actitud de pulsar dos de las cuerdas figuradas: en sus estremos tienen florecillas que en vez de ser libadas por las mariposas, lo son por dos corazones alados, con gusto suyo heridos y cautivados por el génio de la poesía, que desde un lado de la lira les acaba de disparar una flecha. De la concavidad de la mencionada roca brota la Fuente Castalia que dividiéndose en cinco arroyos, de sus aguas están bebiendo varios poetas: los arroyos se manifiesta qué genero de poesía contienen no solamente por sus letreros, si nó[*sic*] tambien por su color, y sinó véase el erótico en cuya tersa corriente al principio, en ella se sacian de amorosos conceptos sin observar el cambio rápido que en la misma se verifica, tal es ponerse sanguínea, aludiendo con ella á que este sentimiento causa lágrimas de sangre: mirad tambien el arroyo satírico más caudaloso que los demas y mas saboreado sin embargo de ser hediondo y maléfico. El arroyo Epico cuyas aguas subliman el alma, vedle hoy día desierto; ahí le teneis solo pulsado por la musa, es decir, pulsa el tallo que corresponde al referido género. Detrás de las rocas nacen laureles, símbolo de gloria, que se enlazan formando coronas vistas en perspectivas. No faltará quien hinque el diente en estas mis alegorías, llamándolas violencias ó torturaciones de espíritu dificilísimas de interpretar á no ser esplicadas; claro está, si no son conocidas ó son nuevas; lo que conviene es que sean propias; cuánto lo son las del gran pensador Dante, y con todo que se recuerde cuantos libros han dado que hacer para descubrir su significado, que después por su inimitable propiedad y filosofía todo el mundo las pondera hasta las nubes! yo con las mias poco pretendo, solamente el demostrar que el inventarlas, aunque medianas, me allana el camino para interpretar más facilmente las de la sábia antiguedad en sus monumentos arqueológicos.

Coruña 30 de Diciembre de 1866
Luis Vermell

[7] A D. José Benito Amado.[7]

Je veux répondre ici à tes charmants vers,
qu'ils méritent réponse en idiomes divers.
Te voyant de Racine emprunter le langage
on croirait que c'était ton plus comun usage.
Tu me demandes que je cueille une couronne,
mais, hélas, ¿n'est-ce pas Apollon qui les donne?
Il a ceint à ton front une bien éclatante,
quoique très-offensé de te voir inconstant.
Moi qui, à demi cachée dans la verte prairie
10 je recueille les fleurs d'une humble poésie,
dédaignée du Parnase, je ne puis aspirer
à l'orgueilleux hyacinte, au parfumé laurier.
Mais toi, dont le doux chant charme les bois fleuris
d'Hellenés, oses-tu demander des rubis?
Le soleil, qu'embrasé se cache dans la mer
voyant ses ondes pures d'argent scintiller,
la lune, q'illumine les étoilés espaces,
ne sont, décrits par toi, et rubis et topazes?
Les bords pleins d'orangers, les champs aimés des cieux
20 où le Lérez[8] promène son cours majestueux,
ne sont, pour le pöete beaucoup plus estimables
que cet or, dont les hommes se montrent insatiables?
Mais, hélas! que je fais de ces vers un sermon!
A la muse festive je demande pardon:
car les tristes pensées, les réflexions sérieuses,
vont très mal, sur ma foi, á la gaie jeunesse.
Une vient, cependant, maintenant m'assombrir,
en dépit de moi-même, à me faire frémir.
Je pense avec douleur, combien de mots barbares,
30 syllabes inconnues, espagnolismes rares
tu trouveras sans doutes dans mes rimes hardies
au pouvoir despotique de la langue asservies.
Pour ne plus t'agacer, je termine à l'instant.
Je ne puis m'empêcher de dire cependant
que je te remercie de ton vers si joli
si frais, si poétique, si juste et bien senti
comme plein de très belles et bonnes flatteries.
Les poëtes disent bien les mensonges jolies.

Emilia Pardo Bazán 1866

[8] En un album.

Dime qué buscas, anhelante y ciego,
pálido y trastornado tu semblante,
sin que baste mi acento suplicante
a volverte, bien mío, tu sosiego.
Brillan tus ojos con sombrío fuego,
agítase tu séno palpitante;
qué buscas, di que la ansiedad me mata.
Es la muerte tal vez? No; la corbata.

E.P.B. Mayo 1867
(en el album de Amancio Cabello)[9]

[9] A Santiago.

A Compostela al dejar
que tanto, Teresa, inspira,
quiero en ella de mi lira
un débil eco lanzar.
Tranquila ciudad hermosa
de tantos recuerdos llena
tan reposada y serena
como imponente y grandiosa;
tú que hablas tanto al poeta
10 y al pensador que, admirado
escucha el canto sagrado
que el alma penetra inquieta,
quién no admira con encanto
tus templos magestuosos,
tus jardines deliciosos,
tus fuentes que corren tanto?
Cual labrada filigrana
que en el aire se sustenta
la esbelta torre se ostenta
20 del lado de la Quintana;[10]
y cada vez que la véo
mas se imprime en mi memoria
la fachada de la Gloria,
obra inmensa de Matéo.[11]
Enfrente al altar de plata
donde entre encendida cera,
al Apóstol se venera,
el corazon se dilata;

y preséntanse á la mente
30 los antiguos peregrinos,
que por distintos caminos
venian devotamente;
y bajo de cada arcada,
en cada escondida senda
véo una oculta leyenda
ó tradicion ignorada;
conmovedoras historias
de alegrías y dolores,
de venganzas y de amores
40 de guerras y de victorias,
que el tiempo con su denso manto
que todo envuelve y sepulta,
al par que más las oculta
misterio les dá y encanto.
El alma se empapa ardiente
en su estraña poesía,
y escucha al morir el día
silencioso en el Poniente,
como música lejana
50 eco en el viento perdido,
el misterioso sonido
de vibradora campana;
y flota en la mente mia
como un velo vagaroso
de perfume religioso
de fugáz melancolía.
¡Feliz tú, Teresa bella,
á quien admirar es dado
tanto edificio sagrado
60 dó el tiempo imprimió su huella!
Yo, que los voy á dejar
y su grandeza me inspira,
quise en ellos de mi lira
un débil eco lanzar.

(En el album de Teresa Rua)[12] Santiago, 1866.
Emilia Pardo Bazán

[10] La aurora.

Dos cosas hay en el suelo
una pura, otra florida,
y son la aurora del cielo
y la aurora de la vida.
Una salpica las flores
de rocío abrillantado
otra con dulces amores
llena el pecho entusiasmado,
y en ambas con harmonia
10 se reunen al instante
color, belleza, alegría,
luz deliciosa y radiante;
como vision vagarosa
duran tan solo un momento
la luz de color de rosa
y la edad del sentimiento;
que hay dos cosas en el suelo,
una pura, otra florida,
y son la aurora del cielo
20 y la aurora de la vida.[13]

Santiago, 1866. Emilia Pardo Bazán

[11] La oración de la tarde[14]

De la campana escúchase el sonido;
muere la luz del sol, y rojo rayo
refleja apenas en el mar dormido.
Brisa callada y leve
hija del perfumado mes de Mayo
las margaritas de los campos mueve.
Ese argentino són que vibrar siento
allá en el alma, religioso y santo,
que de una boca de metal se escapa
10 parece dar un misterioso encanto
en ese melancólico momento
que su voz poderosa llena el viento.
Hora entre luz y sombras indecisa
hora en que todo calla,
y en que la noche lúgubre batalla
con el tranquilo moribundo dia,

hora que dar parece, con su calma,
al lábio la oración, la paz al alma.
Y yo que tengo un mundo de amargura
20 oculto allá en el fondo
del corazón herido;
yo que he buscado y busco una ventura
soñada, vana, y en el pecho escondo
todo un poema de mi amor perdido
necesito ese bálsamo suave
que el alma siente y esplicar no sabe.

E.P.B. Mayo 1867

[12] Barcarola (en un album)

Yo vivo contento y dichoso:
mi vida se pasa en el mar,
mirando el costado del buque
las olas inquietas besar.
No temo del viento el empuje
que anegue mi barco velero
que lecho me ofrecen las águas
y tumba tranquila si muero.
De noche, en el puente, mirando
10 la luna serena salir,
yo sueño en un mundo encantado
de dicha y de gloria sin fin
Y veó [*sic*] ciudades inmensas
que elevan allá en lontananza
sus torres, sus templos, sus muros,
sus altas y esbeltas arcadas.
Yo sé que es mentira y ensueño
que vértigo dá al corazón;
miraje le llama el marino,
20 la jente le llama ilusion.
Más gozo en tan dulce locura
y gozo también en mirar
el ancho costado del buque
las olas inquietas besar.

E.P.B. 1867

[13] Oriental[15]

He recorrido de Andalucía
el fértil suelo
para encontrarte, sultana mia;
que tus amores no perdería
por todo un cielo.
Allá en la vega te he buscado
cuando declina
el claro dia rojo abrasado
y el sol oculta, como humillado
10 su luz divina.
Yo te he buscado dentro Granada,
de sus jardines
en la espesura embalsamada,
donde la rosa crece mezclada
con los jazmines.
Junto á la alberca, de azul y plata
en la corriente
yo te he buscado, por si retrata
de tu semblante la forma grata,
20 tu blanca frente.
Por fin halléte, sultana mia!
Hallazgo insano!
Al encontrarte, la luz del dia
tratando amores te sorprendia
con un cristiano.

Junio 1867

[14] A un niño[16]

Como el ligero rocío
que derrama la mañana,
pasó tu vida temprana
sin una huella dejar:
y apénas viste del dia
la pura luz sonriente,
sobre tu tranquila frente
la muerte vino a posar.
Perla en el fango perdida,
10 flor oculta en un desierto,
barca que, entrando en el puerto
la corriente arrebató,

Tú eras estrangero al mundo,
pero tendiste tu vuelo,
y un ángel más en el cielo
desde entonces habitó.
No merece, nó, este valle
de lágrimas y de horrores
que en él broten frescas flores
20 de inocencia y de candor;
Flor de aroma delicado,
tu pátria no fué la tierra,
que solo en su seno encierra
males, crímenes, dolor.
En el mundo hubieras visto
á cada instante en tu daño
cómo rompe el desengaño
la más querida ilusión;
y, por el llanto nubladas
30 tus transparentes pupilas,
horas pasar intranquilas
tu inocente corazon.
Sí; al llevarte a la lejana
mansion feliz, donde ahora
tu puro espiritu mora,
Dios tuvo piedad de tí;
Blanca flor, perfume grato
allá en el éter perdido,
ángel radiante y querido,
40 ruega en el cielo por mí!

E.P.B. 1867

[15] Romance[17]

Gitana la morenita,
la de los ojos de fuego,
la de las trenzas oscuras
la del pié tan pequeñuelo,
dime, dime la ventura
que ha mucho que no la tengo,
que si desdichas dijeras
ya me sobran con esceso;
pero ventura, la niña,
10 de tí tan solo la espero.

—El paje, dadme la mano,
el paje del rubio pelo
y de los ojos azules
y del continente apuesto,
¿paje seréis de algun conde
ó de un noble caballero?
hijo de algun hijodalgo
de los ilustres del reino?
—Del conde de Rivadavia,
20 de Rivadavia y de Lemos[18]
soy el paje favorito,
de niño me recojieron,
la Condesa en su regazo
me crió de pequeñuelo,
más me quiere que á la imagen
que está encima de su lecho
más que á su brial bordado,
más que á su azor rapiñero.—
—¿Qué deseas, pues, el paje,
30 paje del Conde de Lemos?—
—Estoy herido de amores
y por amores me quejo;
que de la hija del Conde
he visto los ojos negros
que tienen en sus fulgores
llamaradas del infierno—
Andad con cuidado, el paje,
huid de los ojos negros,
y de las damas ilustres,
40 que en tu mano estoy leyendo
que eres hijo del ilustre,
del noble conde de Lemos,
que Doña Elvira es tu hermana
y que tu amor es un sueño.
¡Adios! —Y huyó la gitana
dejando al paje suspenso,
y aquella noche ahorcado
de su ventana en los hierros
apareció el rubio paje,
50 paje del Conde de Lemos.

E.P.B. 1867

[16] Soneto. El Aguila

Con firme vuelo y ala poderosa
los aires hiende el águila altanera,
y, de las tempestades mensajera,
Reina del aire, osténtase orgullosa.
Su nido en una roca silenciosa
forma, del mar adusto en la ribera,
retiro soberano en donde impera
horror y soledad magestüosa.
Inmenso es su poder: más llega un dia
10 que, del espacio al transparente velo
bala certera el cazador la [*sic*] envía.
No de otro modo el levantado vuelo
cortó de Napoleon la patria mia,
cuando, en su cumbre ya, tocaba al cielo.[19]

J.E.P.B. de Q. (En el álbum de Alvaro Torres)[20]

[17] En la Torre de Hércules.[21]

Gigante que al mar dominas
y al marino dás consuelo,
alzando entre negras peñas
tu frente orgullosa al cielo,
jóven hoy te he visitado:
quizás al volver á verte
sienta pesar sobre mí
la ancianidad y la muerte.

E.P.B. 1865.

[18] Á nuestro Santísimo Padre, Pio IX. en el Vigésimo Quinto Aniversario de su glorioso Pontificado.

Oda.[22]

Profana musa cuyo soplo ardiente
un tiempo me inspirára mil canciones
en blando són, en regalado acento,
no hagas languidecer ya más mi frente:
la débil lira de menguados sones
lleva lejos de mí, que su concento
no levanta el espíritu abatido,
ni el corazon despierta adormecido.
Del piadoso David harpa sagrada
10 por los querubes con amor templada
cuyos acordes el Señor oia,
dáme tu vibracion magestüosa,
tu profético son, tu misteriosa
y rítmica harmonía.
Que si en medio del canto
siento desfallecer el alma mia
y mis mejillas abrasar el llanto,
fuerza tus ecos me darán y aliento
inspiracion, grandeza y sentimiento.
20 Del mundo asombro, de las artes gloria,
de mil naciones vencedora y dueña
alzóse Roma altiva,
doquier llevando su triunfante enseña,
esclava deteniendo la victoria
y encadenada la fortuna esquiva.
Nada resiste á su poder: doquiera
Europa triste la cerviz humilla
y sumision le ofrece y vasallage:
le dán en homenage
30 perlas las Indias, el Ofir su oro,
sus soldados Numidia la guerrera,
Tesalia, de sus minas el tesoro;
tiembla á su vóz el Universo entero;
y acaso la corona refulgente
que de un vencido Rey ciñó la frente,
de herradura le sirve al bruto fiero
que montan los caudillos vencedores

de sus Emperadores.
Más ay! tanta grandeza
40 al soplo corruptor del paganismo
solo produce fango é impureza.
De Vénus los altares
producen sacrificios á millares
miéntras que á la Virtud escasa ofrenda
se dá tan solo, de su olvido prenda.
El patricio opulento
agota en mil banquetes suntüosos
del lujo el sensüal refinamiento,
en tanto que el esclavo pobre, hambriento
50 y maltratado gime
porque la caridad no le redime.
Invéntanse suplicios espantosos
que el César administra á su capricho;
listas de proscripciones,
venganzas sin igual, profanaciones
de doncellas, matronas y vestales;
bajas adulaciones,
la traicion, el veneno, el regicidio
y erigido en virtud el suicidio:
60 tal era la gran Roma;
de léjos, poderosa y no vencida;
despreciable de cerca y pervertida.
Más la vóz de Jesús desde el Calvario
de su letargo despertando al mundo,
hirió en lo más profundo
del corazon, que ténue latía
allá en el pecho de la Roma impía.
Cual Lázaro arrojando su sudario
del sepulcro salió: ni las hogueras,
70 ni el rugir espantoso de las fieras,
ni las penas atroces
que la rabia inventó de Domiciano[23]
hicieron vacilar ningun cristiano;
y no la Roma ya de Mesalina[24]
sinó la de Priscila y de Paulina[25]
se alzó grande, sublime, redimida
en sangre de sus mártires teñida.
Y desde entónces, decretando el cielo
que alli Pedro su silla afianzase
80 fué bendito aquel suelo
dó el Vicario de Cristo residia;
los profanos altares

cayeron de la torpe idolatría,
y acudieron los fieles á millares
al seno de la iglesia santa y pura
que florecia en bienhechora calma
exenta de dolor y de amargura.
¡Padre, tú que tan noble, grande y santo
de Pedro ocupas la sagrada silla;
90 tu á quien me atrevo á dirigir mi canto,
dí, si es que no lo ignoras ¿porque humilla
Dios á sus siervos tanto?
Oh! cuán incomprensible es su juicio
al imponer de nuevo á su Vicario
dolores, sufrimientos, sacrificio!
Su alta Sabiduría respetemos
y su piedad ¡oh Padre! implorarémos.
Asi cómo la dicha incomparable
de que Adán con su dulce compañera
100 gozó en el Paraiso,
concitó contra él la saña artera
de Lucifér, que quiso
trocarle en pecador y miserable;
así al ver á la Iglesia reposando
del combate glorioso
bajo el amparo del divino Esposo,
el infierno, de cólera bramando,
dió calor á la hidra tortuosa
del cisma y la herejía
110 y nacimiento á la reforma impía.
Cual viento abrasador, que levantando
de leve arena raudo torbellino
sorprende descuidada caravana
peones y ginetes derribando
al rudo empuje de su furia insana;
asi se alzó sobre la vieja Europa
un viento de impiedad y de cinismo
y de corroedor escepticismo,
que el súcio polvo vano
120 de la maldad del corazon humano
agrupó en temeroso remolino
contra todo lo recto, justo y sano,
contra todo lo grande y lo divino.[26]
Desprendida avalancha, cuyo empuje
arrebató las mil instituciones
que sabias veneraban las naciones:
cual huracan que ruge,

su desatado encono
las firmes bases socavó del Trono;
130 del vasallo al monarca no hubo lazos,
y rodaron los cetros en pedazos;
llegando al fin un dia[27]
que con soberbia impía
el hombre, no contento
con ultrajar y despreciar las leyes
y faltar á la fé, de que á sus Reyes
hiciera tan sagrado juramento,
osó...... pero ¡perdóname, Dios mío
y perdóname tú, benigno Pio!
140 Que si atrevido el lábio no lo calla,
al pronunciarlo, el corazon estalla.
Osó elevar su cínica mirada
como hasta el sol el ave de rapiña
á la ciudad sagrada,
¡sacrílego atentado sin ejemplo,
porque, con tu presencia consagrada
Roma entera es un templo!
Como lobos rapaces que la nieve
hace bajar del monte á la llanura
150 entre las nieblas de la noche oscura;
si encuentran yerta y sola
la oveja, del rebaño separada
que dejó su Pastor abandonada;
en ella se encarnizan
y sus trémulos miembros descuartizan;
asi al mirarte inerme, Padre mío,
sobre tí se arrojaron
y el inicuo despojo consumaron.
No faltó á su cabeza
160 un monarca, que en vértigo arrastrado,
ciego por la ambicion, corre al abismo,
sin ver que su pecado
producirá su fruto contra el mismo.
¡Rey de Cerdeña![28] Si quedó en tu alma
un resto de verguenza y de hidalguia;
si de lúz un destello todavía
puede brillar en tu confusa mente
tiembla! y esconde con rubor la frente.
Comprende cuán villano
170 el atentado fué que cometiste,
que al ultrajar á un indefenso anciano
parricida y sacrílego te hiciste.

Mira que esa cabeza tan augusta
del mismo Dios la magestad reviste
y que la ira de ese Dios, es justa.
Mira que si el castigo llega tarde
será su golpe mas tremendo y duro;
para tu raza y tu real corona
el horizonte se presenta oscuro;
180 por tu traicion cobarde
castigado serás en tu persona,
y tambien en tu trono y en tus hijos
¡los mismos que en tus planes te ayudaron
y contigo el despojo consumaron,
mañana han de arrancarte
de los hombros la púrpura hecha trizas,
y al rostro han de arrojarte
de tu solio y tu cetro las cenizas!
Hoy que aun puedes, implora con tu llanto
190 de Dios y su Vicario la clemencia
y póstrate á sus piés en penitencia.
Hunde en el vano polvo la culpable
cabeza, que en su orgullo miserable
menospreció de Dios la omnipotencia,
y si humilde le ruegas y contrito,
perdon alcanzarás de tu delito.
Mas nó: porque obstinado
ciego prosigues tu fatal empeño,
y en ageno palacio y usurpado
200 disfrutas sin pesar tranquilo sueño.
Tu en tanto, Padre amado,
cargado de dolor y prisionero
sufres la suerte que al Señor le plugo,
é imitando al Dulcísimo Cordero
le pides con fervor por tu verdugo.
De un Dios de paz imagen en la tierra
su mansedumbre en tí refleja y brilla;
Tú sabes bien que Dios, allá en su gloria,
ensalza más aquel que más se humilla,
210 y no hay mayor victoria
ni rasgo mas sublime de heroismo
que vencerse á si mismo.
Al contemplar ¡oh Padre! tu grandeza,
al verte soportar las aflicciones,
tus hijos á tí vuelven con tristeza
llorosos ojos, tiernos corazones.
Ellos tienen pesar con tus pesares,

mártires son tambien con tu martirio,
y postrados al pié de los altares
220 piden á Dios dé término á la prueba
y el corazon de los impios mueva.
No desmaye tu aliento, Padre amado;
en tus hijos confia.
¿Quien sabe si, inspirados
por ese mismo Dios, un fausto dia
te volveran la libertad y Estados?
¡Oh! con cuanta alegría
en tan feliz instante
tu sagrada sandalia besaria!
230 Bendícenos en tanto,
Pio el Grande! Mal dije: ¡Pio el Santo!

J.E.P.B. de Q. 1871.

[19] A los Católicos.

Homenage á nuestro Smo. Padre Pio IX, en el 25 Aniversario de su glorioso Pontificado.

Oda.

Venid á mi con cítaras suaves
en armonioso coro
vosotros, de mi Padre amados hijos;
y las cuerdas de oro
ayudadme á pulsar: las penas graves
y los pesares desechad prolijos,
vosotros, los que intacta habeis guardado
la fé de los mayores heredada,
y alimentais su fuego mas sagrado.
10 Venid, venid os digo,
y si quereis cantar, cantad conmigo.
Ved: ya se acerca el dia
solemne y misterioso
que rompe de los siglos la creencia
mostrando del Señor la omnipotencia;
y mi voz, embargada de alegria,
el instante glorioso
os señala, en que cumple su Vicario
el vigésimo quinto Aniversario.
20 Desde remota edad perpetuada
la tradicion piadosa nos decia

que jamás la cabeza consagrada
de un sucesor de Pedro
á los años de Pedro alcanzaria.
Pero ¿quien del Señor los altos fines
investigar logró? ¿quien su grandeza
mide, sinó inclinando la cabeza?
Así de Pio conservar la vida
quiso para realce de su gloria:
30 su existencia querida
preservó, dando dias venturosos
á sus leales hijos amorosos,
y un timbre mas á su sublime historia.
¡Oh, tú, Padre, entre todos elegido,
visible en tí fué del Señor la mano,
si El te quiere ensalzar ¿tus enemigos
ciegos, no ven te ultrajarán en vano?
¿Que importa que invadiendo tus Estados
de un aleve monarca[29] los soldados
40 pretendan eclipsar la luz divina
solo con el fulgor de sus aceros?
Dios, que tu vida alarga,
los deshará como menuda harina;
ellos se fundirán, cual del verano
los nublados ligeros.
Mas ¡cuánto, sin embargo, tus dolores
afligen nuestra alma
que no puede gozar de dulce calma!
Turbando la alegría
50 que debiera envolver tan fausto dia
el aspecto de Roma desolada
se ofrece á nuestros ojos, y entre horrores
fijamos la mirada.
¡Penoso cuadro! ¡Qué siniestro y triste
espectáculo! el alma acongojada
á verlo y á creerlo se resiste.
Aqui por los sacrílegos soldados
los templos invadidos
dó el arte sus primores agotára
60 y maravillas mil acumulára,
son tal vez en cuarteles convertidos
ó en cuadra vil se miran transformados.
Allí, de monasterios profanados
huye la triste vírgen ruborosa
con los ojos en lágrimas bañados;
do quiera, la onerosa

requisicion, agobia con su peso
á los mil desvalidos
que antes eran por Pio socorridos
70 con mano generosa.
Y en los mismos jardines, dó mil veces
sombra y paz nuestro Padre buscaría
hace la guardia soldadesca impía.
¡Hasta ni alivio demandar le es dado
al frondoso jardin por él plantado!
¿Y crees, Padre, que tú [*sic*] fiel España
tu sufrimiento y tu dolor olvida
y no siente la cólera y la saña
en el pecho encendida?
80 Pregúntalo á sus templos dó resuena
la plegaria por tí y el triste llanto;
pregúntaselo al alma que está llena
de tierno amor por tí, Vicario Santo.
Mi pátria no te olvida:
más si tu sufres en sombrio duelo
ella, doquier herida,
con sangre generosa baña el suelo;
y sus hijos dolientes
en vano libertarte intentarian
90 igual es á la tuya su cadena;
sin romperla, salvarte no podrian.
Mas tú con tus fervientes
ruegos, implora á Dios que de la altura
se digne dar á España la ventura
y tú verás si próspera y dichosa
no corre á rescatarte
y un trono con sus brazos á formarte,
que en esta hidalga tierra
donde la Cruz fué lábaro de gloria
100 aun vive de Pelayo la memoria;
y apénas hay un corazon cobarde
que de Dios y de pátria al llamamiento
no sienta el fuego que en mis venas arde.
Confiemos en El: porque no en vano
prolonga tu existencia, padre mio.
Inmenso es del Señor el poderío:
ni de arena sutíl un suelto grano,
ni en el surco pequeña yerbecilla,
ni el fátuo fuego que un instante brilla,
110 ni desprendida gota de rocío,
del Señor sin permiso soberano

nacen, mueren ó pierden su figura.
El en tu frente venerable y pura
ciñó de tu martirio la corona:
¡acaso nuestras culpas, padre mio,
con tu dolor abona!
Más vive en nuestro pecho una esperanza
que nos presta consuelo,
y á mitigar nuestra afliccion alcanza:
120 Ese Señor que prolongó tu vida
á dó la de ninguno prolongára
cual tesoro precioso
la guardará piadoso
hasta el supremo instante
en que libre, en tu trono rescatado,
consigas abarcar con tu mirada
la Europa apaciguada
y el sacrílego encono disipado
como despues de la tormenta airada
130 brilla el iris de paz en lontananza
símbolo de perdon y bienandanza.
Entónces ¡solo entónces, Padre mio!
por el Señor llamado
gozoso dejarás el triste suelo
y de Jesús al lado
rogarás por nosotros en el cielo.

J.E.P.B. de Q. 1871.

[20] Soneto[30]

¡Cómo del tiempo la veloz carrera
destruye con su marcha presurosa
la creacion más noble, más grandiosa,
desolacion sembrando por doquiera!
Cómo sin tregua dar, toda la esfera
recorre, y con güadaña silenciosa
no perdona ocasion, no deja cosa,
y la muralla más potente altera!
Cómo á su paso caen las naciones
10 que en el polvo y olvido precipita,
deshaciendo las fuertes escuadrones!
Ayer, con frente pálida y marchita
yo me hacia estas tristes reflexiones
los codos al mirar de mi levita.

E.P.B. 1867.

[21] Una cazata.

Guarda el recuerdo de esta jornada,
tosca pared;
nunca te borres, lápiz suave;
dure tu huella más que en papel.
Aquí te dejo, fragmento breve
que yo estampé;
así á estos montes, dentro de un año,
pueda volver.
Y entonces viendote, que te destacas
10 en la pared,
las frases frágiles que grabé un dia
yo leeré.

J.E.P.B. de Q. 1869
(Escrito con lápiz en la pared de un
apeadero de caza.)

[22] A Maximiliano.[31]

Cuando la tarde lenta vá estinguiendo
su postrimera hora,
y el sol, despareciendo, [*sic*]
las nubes ligerísimas colora,
yo he visto una fantasma vengadora.
Y como un sueño vano,
en su pecho miré cruel herida,
con su sangre teñida;
y ví su diestra mano
10 hácia Francia extendida.
En pós viene la sombra desolada
de una muger hermosa,
que con el estravío en la mirada,
lanzaba una terrible carcajada
de sus lábios de rosa.
Y una voz melancólica decía
como un eco lejano:
¡Adiós, esposa mia!
Adiós, mi patria, que en la tumba fria
20 reposa el infeliz Maximiliano!

E.P.B. 1867.

[23] Al Corazon de Jesus.

Esposo de las vírgenes,
amor de los amores
que con dulzura célica
consuelas mi afliccion,
al alma arrepentida
que implora tus favores
dará consuelo plácido
tu amante corazon.
Un tiempo guardó el mio
10 abismo tan profundo
de cieno, de amargura,
de pérfida impiedad,
que en pos marchando rápido
del vértigo del mundo,
su hielo no fundia
tu dulce caridad.
Luzbel me deslumbraba
los ojos fascinados
y á la florida senda
20 llevábame del mal,
y á tí como punzantes
espinas, mis pecados
al corazon te daban
tormento sin igual.
Ahora que te amo
con un amor tan puro,
ahora que mi mente
hirió divina luz,
te veo que agobiado
30 caminas inseguro
rendido al peso inmenso
de redentora cruz.
Y el corazon purísimo
te veo que se inflama
de amor por quien le llena
de angustia y de afliccion.
¡oh Dios! yo te suplico
por tan sublime llama
consientas que yo imite
40 tu amante corazon!

J.E.P.B. de Q. 1867. [*sic*][32]

[24] A S.M. el Rey D. Carlos de Borbon y Este.

Oda.

¿Quién es aquel augusto desterrado[33]
de régia estirpe, de serena frente,
al cual se vuelven mis ansiosos ojos
y por quien en mi pecho acongojado
renace el entusiasmo y la alegria?
Es la esperanza de la pátria mia,
del Señor el ungido
y del pueblo español el elegido.
Rey que en estraño suelo dás ejemplo
10 de cristianas virtudes,
del amor de tus súbditos, no dudes:
compadece mas bien la noble tierra
que trás males prolijos,
ni un solo arbusto encierra
que no riegue con sangre de sus hijos.
Mira, Señor, á tu querida España,
mírala y que tu pecho se contriste.
De su dicha y su honor el luto viste,
y bajo el yugo de procaces gentes
20 que insultan sus creencias mas sagradas,
vé ley y religion menospreciadas;
vé de la industria las fecundas fuentes
para siempre cerradas;
vé la brutal piqueta, que se ensaña
del arte en los gloriosos monumentos,
y con cobarde saña,
las hijas del Señor, arrebatadas
al asilo de paz de sus conventos.[34]
Y en fin, ludibrio de extranjeros Reyes
30 vé mendigar un dueño esa corona[35]
que al mundo dió sus leyes,
y que ciñó las frentes
Señor, de tus ilustres ascendientes.
¿Y es el pueblo de Otumba y de Lepanto,
de Bailén, Dos de Mayo y de Pavía,
el que mis ojos, que nubló mi llanto
juguete miran de una grey impía?
¿Es el pueblo que un dia
preclaro en fama, en héroes fecundo,
40 en busca se lanzó de un mundo nuevo

por parecerle muy pequeño el mundo?
¿Es, pues, su desaliento tan profundo?
¿Es que, borracho de mentida gloria
en letárgico sueño está sumido,
ó bien es porque historia
tradicion y creencias dió al olvido?
No: no es un pueblo ingrato ni dormido:
y se levantará robusto y fuerte
si tu nombre, Señor, que le electriza,
50 convierte en vivo fuego la ceniza.
Si; que este pobre pueblo
que su ansiedad á dominar no alcanza,
entusiasta, en los lábios tiene un grito
y en el fondo del pecho, una esperanza;
y es el grito tu nombre deseado
y la esperanza, tu feliz reinado.
Rayo de sol serás, que la tormenta
y las siniestras nubes aniquila.
Si el ardiente corcel del fiero Atila
60 (segun la historia cuenta)
doquiera el rudo callo afianzaba
las feraces campiñas asolaba;
en donde el de mi Rey el suyo siente,
la mies retoñará mas floreciente.
¡Oh! si; que tus cadenas
del corazon serán: un rey cristiano
no es jamás un tirano;
y mejor que muralla y fuerte techo,
anhelará tener por baluarte
70 de sus leales súbditos el pecho.
Perdóname, Señor, si á pesar mío
desbordar quiere el entusiasmo ardiente,
y si te eleva un canto
quien debiera ante tí doblar la frente;
y benévolo acoge aqueste grito
de mi pecho arrancado:
¡Que viva nuestro Rey el Deseado!

J.E.P.B. de Q. Sangenjo, Agosto de 1870.[36]

[25] A S.M. la Reyna Dª.
Margarita de Borbon.

Oda

Si alguna vez, Señora,
al declinar el moribundo dia
sentiste el corazon, que te embargaba
profunda y sin igual melancolía;
y al pensar en tus súbditos lejanos
tu seno comprimido
de suspiros henchido,
no halló tranquila paz, no halló reposo
con mirar á tus hijos y tu esposo;
10 deja que en raudo vuelo
penetrando en los pliegues de tu alma
tus pesares te esplique,
y, para devolverte alguna calma,
mi pensamiento al tuyo identifique.
¿No es verdad que al cerrar tus bellos ojos
de vago ensueño perezosas álas
de algun castillo en las sombrías salas
cuando flota indecisa
dormida el alma, y como leve brisa
20 se escuchan los ruidos esteriores
y confúndense formas y colores;
viste abrirse lejanos horizontes
como en mágico espejo
detrás de la montaña,
y desfilar, radiante pero mudo
el brillante cortejo
de las pasadas glorias de la España?
Los héroes antiguos, arrojando
la lúgubre mortaja
30 y la pesada losa levantando
muestran sus frentes, de laurel ceñidas,
y rayos de entusiasmo
lanzan de sus pupilas carcomidas.
Y sobre las magníficas ciudades
que al árabe invasor robó su brío
el estandarte de la cruz cristiana
verás flotar airoso en el vacío
á la pálida luz de la mañana.
Allí Toledo, la imperial señora,

40 Valencia la florida
y Granada la mora,
con su Alhambra de encage, y sus verjeles
esmaltados de mirtos y laureles.
Las históricas torres de Sevilla
llenas de misteriosas tradiciones,
y, octava maravilla,
el severo Escorial, poema escrito
sobre rudas paredes de granito.
Y entónces los recuerdos
50 hablarán á tu mente adormecida
con elocuente voz, llena de vida;
y reconstruirás ese pasado
por demás olvidado,
tan lleno de valor y de hidalguía,
que creó la cristiana monarquia.
Mas si desde ese mundo de la historia
que el polvo de los siglos poetíza
y que tan grande fué, vuelves al suelo,
el levantado vuelo
60 de tu idea cortando,
y, la moderna España contemplando,
la vés.... cual la tornaron los pigméos
que marchitan su gloria,
no apartes de este pueblo tu mirada,
que aún restan en su seno fieles hijos
que en tu esposo y en tí los ojos fijos
anhelan llegue el dia
(y por dicha, tal vez no esté lejano)
en que aclamen con gritos de alegría
70 á Cárlos por señor y soberano.
Y ese dia feliz, acariciando
un pensamiento mismo
arrancareis la pátria del abismo;
y cual un tiempo fueron
Isabel y Fernando,
entrambos formareis nuestra delicia;
que entre Cárlos y tú, regia Señora,
solo habrá una sublime diferencia:
el será la justicia,
80 tú serás el perdon y la clemencia.

J.E.P.B. de Q. Sangenjo, Ag.to 1870.

[26] Homenage á María.

De amor henchida, de esperanza llena
vengo á tus pies, Maria,
dando al olvido la profunda pena
que embarga el alma mia;
para cantar purísima azucena
un himno en que rebose
mi sumision á tí, mi fé cristiana
la inquebrantable fé que nos allana
el áspero camino
10 del oásis divíno
donde resides tu, dulce Señora,
lucero sin igual de la mañana.
Mas ¿cual será la venturosa lira
cuyas cuerdas suaves
acordes tengan para tí y dulzura?
Solo el eco del aura que suspira
en sones puros, graves,
con misterioso, recatado acento;
el gorjear sin fin de hermosas aves
20 de las hojas movidas por el viento
el chocar cadencioso, acompasado;
el ténue, ligero
y constante ruido
de la paloma, que en llevar se afana
hojas, plumas, vellones á su nido;
de la tormenta el hórrido sonido
del huracan violento desgajando
árboles seculares, el bramido,
del cisne melancólico espirando
30 el postrimer gemido;
las mil voces en fin del universo
de pájaros y flores
árboles, rios, mares y torrentes,
mansos arroyos, cristalinas fuentes
es el concierto mágico, infinito
que la naturaleza, el mundo entero,
consagra á los loores
de tu nombre bendito
refugio de afligidos pecadores.[37]
40 !Madre mia¡ [*sic*] si acaso desde el cielo
oyes la triste voz del que te llama
y demanda tu amparo y tu consuelo
y te reza con fé, porque te ama;

guíalo en las tormentas de la vida
y apártalo del mal y del pecado,
logra que tras la eterna despedida
llegue de tu Hijo al lado
y si le ves airado
con llanto, Madre, su perdon implora,
50 pues !cual hijo á su madre rechazára,
por mas que el mundo entero demandára,
si al demandarlo llora¡
Tu sabes bien que cieno, polvo y nada
son del triste mortal la esencia impura,
y que la criatura
con mengua es engendrada,
y nace con dolores y amargura.
Que entre todas las débiles mugeres,
tú sola fuiste inmaculada y pura,
60 tú sola del dragon la torpe frente
hollaste con tú planta;
y entre la humana gente
eres tú, celestial, sublime, santa.
Mas la que humilde voz á ti levanta
y el polvo de tus pies lleva á su boca
que síncera [*sic*] te invoca,
y con ardiente fé tus glorias canta,
sabe que no desoyes al que llora
y te pide tu amparo y tu consuelo
70 y que le mostrarás dulce Señora
el camino del cielo.

J.E.P.B. de Q. Santiago 1871.

[27] La gira.[38]

Huyó la sombría noche,
la luz del sol ascendía
y como un rayo corría
á la Esclavitud un coche.
Hermosa está la mañana,
y en aves y frescas flores
ostenta sus esplendores
la naturaleza ufana;
y entre la bruma ligera
10 el anticuado vehículo

parece un mónstruo ridículo
en presurosa carrera.
Mas no por su forma rara
es para echado en olvido
porque con su contenido
cualquiera se contentára.
Mas galanas que de Mayo
las aromáticas rosas,
mas risueñas mas graciosas
20 que del sol un limpio rayo
van tres niñas hechiceras[39]
que luto severo viste
contraste formando triste
con sus caras placenteras,
y aumenta la espedicion
gente mas formal y grave,
que de la risueña nave
es la que lleva el timón.
Antes con piadoso afán
30 salieron solas y á pié
dos damas,[40] que de su fé
á dar una prueba van;
á orar con fervor y anhelo
á los pies de la Señora
que todo cristiano adora,
Maria, reyna del cielo

Ya hemos llegado, ved del santuario
el caprichoso contorno vário,
que se recorta del horizonte
40 en el profundo límpido azúl;
ved los jardines, ved la posada
mirad del átrio la estensa grada,
y allá á lo lejos envuelto el monte
de niebla vaga en frágil túl.
?Que es lo que causa tanto ruido¿ [*sic*]
?Que ronco estruendo hiere mi oido¿
Son los cohetes, es la algazára
con que Eduardo nos recibió;
y en tanto el alma libre de duelo
50 su accion de gracias alzaba al cielo,
viendo al enfermo[41] que recobrára
vida, energia, fuerza y valor.

Todos saltamos del coche
cual náufrago en tierra ansiada,
quien el jardin analiza,
quien los amigos abraza,
quien á la iglesia se acerca,
quien recorre la posada;
y tras de subir al átrio
60 y admirar de la lejana
perspectiva la belleza,
dió la señal la campana
y todos se dirigieron
á postrarse al pié del ara,
donde el santo sacrificio
el sacerdote elevaba
ante el altar sacrosanto
de la Virgen soberana.

Del órgano raudales de armonía
70 que hábil mano arrancó, brotan osados,
y del templo en la bóveda sombría
son por el eco fiel acariciados;
no hay pecho dó la fé se albergue fria,
ni labios hay á la oracion cerrados,
dígalo sinó quien besó piadosa
el manto de la imagen milagrosa.

El oficio concluyó,
y como alegre bandada
la juventud animada,
80 doquiera se dispersó,
no faltando quien formó
de margaritas[42] cogidas
por su mano, y escogidas,
un ramo que iba entregando
á todos condecorando
con sus flores mas queridas.

Avisan en este instante
que está servida la mesa,
sobre la rústica tabla
90 el blanco mantél ondea;

brilla la cristalería
y con profusion se ostenta,
ya el encurtido sabroso,
ya la aceituna morena,
ya el marisco sonrosado,
ya la empanada gallega;
ocupan los mas formales
cual deben, la presidencia,
y solo de los cubiertos
100 el blando tic tac resuena.

Llegó de los bríndis la clásica hora,
la ronda primera las copas llenó,
con lluvia de flores en lucha risueña
la mesa se alfombra con vário color.
!Un bríndis¡ [*sic*] me gritan y en pié levantada
hirviendo en la copa espumoso el champagne,
brillantes los ojos, erguida la frente,
con voz entusiasta me lanzo á brindar.

Bríndis

Yo brindo por nuestra sagrada patrona
110 la Virgen bendita de la Esclavitud,
y por estos aires que han dado á mi padre[43]
la vida y salud,
y por el monarca que espera Castilla
porque le devuelva su prez y su honor,
y porque se estingua [*sic*] la mala semilla
de los liberales el nombre traidor.

Tras este corto bríndis
otros brindaron
por nuestro Rey querido
120 el noble Cárlos;
y por su esposa
Margarita la Reyna
bella y piadosa.

Las copas se agotan, se torna en la sala
pesada y espesa la atmósfera yá;
y al húmedo campo su brisa suave
pedimos, y aromas y brisas nos dá.
Uno corre y salta cual ciervo ligero
sobre el polvoroso camino real,
130 otro en fresco prado su cuerpo reclina
las flores cogiendo del Mayo galán.
Otros del columpio buscando los goces
en prestos vaivenes se mecen al par,
y rien, y charlan y cantan y juegan
en franca alegria y en grato solaz

!Cuan cortas son las horas de ventura¡
Rosa gentíl que marchitó la tarde,
onda del lago fugitiva y pura,
fuego que apenas arde
140 se apaga; leve gota de rocio,
escarcha cristalina
ó trasparente niebla matutina,
pálido resplandor de errante estrella.....
todo pasó pero su amante huella
permanece grabada
del recuerdo en la página sagrada

Se acerca la oscura noche
La luz del sol descendía
y como un rayo corria
150 hácia Compostela un coche.
De todos los que en el van
con harta razon, cualquiera
que están cansados creyera;
sin embargo, no lo están;
y de Ramona[44] aceptando
la hospitalidad amable
en reunion agradable
pasan la noche bailando.
Y con su voz alhagüeña
160 nuestro lindo ruiseñor[45]
en acento alhagador
cancion entonó risueña.
Así terminó este dia
de placer y de ventura,

dedicado á la locura
consagrado á la alegría.
Muchos tan gratos contar
es nuestro anhelo mayor,
y volver con mas fervor
170 al santuario á rogar.
!Virgen de la Esclavitud¡
!Oh dulce patrona mia¡
consérvanos la alegría
y al enfermo la salud;
y juro dar el ejemplo
de volver otra jornada,
á rezar arrodillada
á tus plantas en tu templo.

J.E.P.B. de Q. Santiago, Mayo de 1871.

[28] A V. H.[46]

Cuando sonrie la vida,
como un celaje sereno
de nubes rosadas lleno,
es doloroso morir
que tan jóven, tan hermoso,
de pasiones agitado
es triste dejar á un lado
la dicha del existir.
Alma inmortal, que en el cielo
10 vives venturosa ahora
otra alma aquí te implora
que muerto y todo te amó
y como en vaso precioso
guarda celestial esencia
una adorada existencia
que tu amor nunca olvidó.
Es dulce pensar acaso
que aunque tú cuerpo sucumba
aún mas allá de la tumba
20 vive un purísimo amor
como emanacion del cielo,
como misterio infinito
que en el alma existe escrito
con el lápiz del dolor.

Ella te amó con sincéra
ardiente fé inmaculada
ella en el seno guardada
tu muerte tiene tal véz
y si tú la ves acaso
30 tu recuerdo tan querido
y lo que por tí ha sufrido
te dirá su palidez.

E.P.B. Sangenjo 1867.

[29] Improvisacion.

Si las rosas de frescos colores
dán encanto al Jardín del Casino,
de la música el eco divino
nos transporta á celeste region.
Que carece de amor y de alma
quién no siente, al vibrar la armonía,
misteriosa y letal simpatía,
süavísima y tierna emocion.
Lindas rosas de tallos lozanos
10 en ardientes matices teñidas,
que gentíles, risueñas y erguidas,
sois la vida de nuestro salon,
no neguéis á los dulces acordes
que os halagan, los aires cruzando,
la sonrisa que estais prodigando
y en el alma un oculto rincon.

J.E.P.B. de Q.
(Leida en el Casino de Santiago)
1871.[47]

[30] Blanca á Enrique.
(Guipuzcoa, 15 de Mayo)[48]

Déjame describirte de mi estancia
los mas leves detalles, amor mio,
para que desde esa perversa Francia
que te roba á mi fé, creas que al lado
de tu Blanca te encuentras, y cual siempre

la hablas con acento enamorado.
Figúrate un cuartito muy pequeño
pero de luz y de aire nada escaso,
al cual un corredor sirve de paso.
10 Dos columnas separan de mi alcoba
el lindo gabinete
cuarto, caja de dulces ó retrete
(llámale como quieras)
en que en tí pienso tanto y tan de véras.
Por la alcoba callada y escondida
que me sirve de abrigo
mi descripcion empiezo, dulce amigo.
Una sencilla cama de madera
con antiguos tallados y molduras
20 y con blancas y limpias colgaduras,
sobre cuya testera
hay un amarillento crucifijo
y una Virgen pintada por mi mano
y que el obispo de Jaén bendijo,[49]
cuantas veces, bien mio, cuantas veces
Enrique de mi alma, de rodillas
á la Virgen de amor alcé mis preces!
cuando tú traspasaras la frontera
solo, triste, emigrado y perseguido
30 por defender á nuestro Rey querido,
á la Virgen rogué te protegiera!
á tí, mi prometido!
Cuantas en aquel lecho incorporada
junté las manos y elevé los ojos
de insomnio y llanto rojos
á la dulce María
y ya mas consolada
á acostarme volvia
empapando de lagrimas mi almoada!
40 La descripcion á mi pesar olvido,
y voy á proseguir. No te menciono
la pila bendecida
ni la palma de Ramos, arrugada
con la cintita azúl descolorida;
solo te citaré un armario grande
donde la ropa tengo recogida;
!la ropa que tenia preparada
para [que][50] se luciese en nuestra boda¡ [*sic*]
se está ranciando y marchitando toda;
50 y los ricos encages, la batista,

las sábanas finísimas de holanda,
los pañuelos de mano
con nuestra cifra puesta en el escudo.......
Lo confieso, mirarla me contrista,
y así la tengo lejos de mi vista
en el armario amontonada; y dudo
haberlo abierto desde que has marchado.
Aun no te he contado
que en un rincon oscuro de la alcoba
60 sobre un cojin bordado
hay ¿que dirás? un gato cariñoso
blanco como la nieve, perezoso
jugueton, holgazan y marrullero,
como sabe lo mucho que le quiero
no busca los ratones: solamente
cuando yo paso del cojin al lado,
de pie se pone, y con el lomo arqueado
gruñendo dulcemente
implora mis caricias
70 y con mil juegos hace mis delicias.
Nada más se me ocurre de notable
que en mi alcoba se encuentre: los tapices
á los pies de mi lecho colocados
nada tienen que pueda yo decirte
y paso el gabinete á describirte.
Figúrate un papel donde sus flores
risueñas agotó la primavera:
decoracion bonita y placentera
que mi padre eligió, y en armonia
80 no está por cierto con el alma mia.
Del gracioso sofá de terciopelo
hay un retrato encima colocado
y por Fierros pintado.[51]
Alli tu distincion, tu gallardia
tus negros ojos, tu rizado pelo
que la boina encubre con trabajo,
y rebelde se escapa por debajo; [*sic*]
hábil pintó el artista, yó le [*sic*] miro
cuando al pensar en tí, sufro y suspiro.
90 El sofá ya se encuentra un poco ajado
pues reclinada en él, las horas paso
haciendo mi crochet ó mi bordado.
Frenté [*sic*] al sofá, y envuelto entre cortinas
y vaporosas, frescas muselinas
está mi tocador ¡el arca santa

de la muger! El era mi refugio
más hace ya algun tiempo
que cual antes, Enrique, no me encanta.
Furtiva mi mirada
100 ya no se posa en el luciente espejo;
yace allí despreciada
la francesa lavanda (la detesto
solo por ser francesa)
y la esencia bouquet, y la pomada
finísima duquesa,
los polvos que al semblante dan frescura.....
Y para que [*sic*] mi tocador cuidára
si falta el que admiraba mi hermosura?
En gracioso desorden confundidos
110 yacen allí los tarros de las flores
impregnados de esencias y de olores,
el rico y elegante cofrecillo
en plata trabajado
y de antiguos topacios incrustado
donde guardo mis joyas de soltera,
las que puestas tenia
cuando me viste por la vez primera.
¿y [*sic*] no hé de describirte mi ventana?
Allí me apoyo cuando hambrienta aspiro
120 el aire embriagador de la mañana,
allí cuando de noche, en la cercana
cumbre, la luna refulgente miro
asomar, con fugaz melancolía
de la noche la atmósfera respiro.
Los mil brazos me tiende cariñoso
un jazmín perfumado
que debajo hé plantado
y que subió atrevido
á registrar mi estancia.
130 Es tan verde, tan fresco, tan florido
que de noche mil veces
me embriago afanosa en su fragancia
beso sus blancas flores
y cual si me entendiesen
les cuento, Enrique mio, mis amores.
No estrañes te detalle
mi querido jazmin con tanto esmero
pues él, y mi gatito zalamero
son los únicos seres
140 que alegran mi pesar, mi aburrímiento,

este afan que á tu lado no sentia
y que desde aquel dia
que te marchaste, siento.
No te hablé todavia
de mi rica y antigua papelera
incrustada de conchas y con remates
de rica argentería.
Allí guardo mis libros favoritos
y antiguos manuscritos
150 desahogos fugaces de un instante,
lágrimas ó sonrisas, que estampadas
en el papel quedaron y guardadas.
Uno de sus cajones
guarda, mi Enrique, nuestra amante historia
y todos los obgetos
que te recuerdan á mi fiel memoria.
Las flores, ya marchitas
que me diste y guardé, prenda de amores;
las cartas por tí escritas,
160 desde que de tu ausencia sufro el yugo
y del aislamiento los dolores.
De tus negros cabellos aquel rizo
que yo corté sobre tu misma frente
cuando en afan ardiente
y en febríl impaciencia rebosando
me digiste =Me voy, Blanca querida
la pátria y el honor me están llamando
por la pátria y el Rey daré la vida.
Y yo te ví partir, y tus cabellos
170 guardé, para tener por siempre en ellos
recuerdos de tu amarga despedida.
Encima de la vieja papelera
que los pedazos de mi dicha guarda,
y bajo una lijera
cortina, en forma de dosel cojida
tengo el retrato de mi Rey augusto
y mi Reyna querida.
En las nobles facciones
de Carlos, que respira gallardia,
180 se lée la altivez de ilustre raza
y del destierro la melancolía.
Hábil mano le dió su verdadera
espresion, y al mirarlo, en alegría
trueco la pena fiera
de tu ausencia, mi Enrique, pues no fuera

caballero y leal quien por monarca
tan noble y generoso, no muriera.
Y la linda, la dulce Margarita!
como [*sic*] en su blanca frente
190 está de su candor el lema escrito!
como á la par que esposa
prudente y virtuosa
del amor maternal con los reflejos
y de la castidad con el perfume
baña sus ojos, de bondad espejos!
Caprichos del artista que bendigo
Real Corona colocó en su frente
y de púrpura augusta, rico manto
dá á sus hombros abrigo
200 y á su figura majestad y encanto.
Ante estos dos retratos de mis reyes
siento fortificarse de mi alma
la fe, la abnegacion, el sacrificio,
y á veces mi entusiasmo rompe el quicio
y quiero como tú, mi Enrique amado
del martirio la palma;
quiero un noble corcel, que de las lides
me mezcle en el fragor, mientras bañado
de espuma y sangre, con el pié ferrado
210 bata la tierra en resonar tremendo;
quiero de los Pelayos y los Cides
renovar las proezas peleando
quiero verter mi sangre,
suelto el cabello, y la mirada ardiente,
y mi sexo olvidando
quiero morir matando
á mi Dios invocando
y de Cárlos la causa defendiendo.
Mas todo es sueño, angustia pasajera
220 y el alma doblegada gime y calla;
que es la muger del hombre compañera
más no puede seguirle á la batalla.
Yo Enrique de mi sexo por los lazos
no he podido volar hasta tus brazos:
junto á tí no he podido
tu ánimo confortar desfallecido,
y gimo de ti ausente
pues lo mandó la sociedad tirana
que soy débil muger, y aunque en mi pecho
230 un alma varonil latir se siente,

mi honor me manda Enrique que entre tanto
que tu luchas valiente
yo derrame cobarde estéril llanto.
Adios, porque mi espíritu se agita
y no puedo acabar, aunque ya creo
que del todo mi estancia está descrita
Enrique, no me olvides! que en tu España
la muger de tu amor vive y respira,
y si escuchas un eco leve y vago
240 es tu Blanca que te ama y que suspira.

J.E.P.B. de Q. 1871.

[31] "El Alma"

Oh !quien tuviera unas ligeras alas
esmaltadas de oro y de zafir
y atravesar pudiera los espacios
subiendo velozmente hasta el zenit¡[52]
Quien pudiera dejar atrás la tierra
y sus torpes engaños olvidar
ascendiendo cual ave que abandona
su agreste nido que formó en el mar!
de la atmosfera azúl en la llanura
10 en la tranquila y luminosa páz
subir, subir y desatar los lazos
que nos unen al mundo terrenal!
mirar á veces la olvidada tierra
cual panorama, en lenta gradacion
y los mares en lagos convertidos
y los montes en breve elevacion!
El hormiguero inmenso de los hombres,
el bullir de la necia humanidad,
sus fábricas, sus torres, sus ciudades,
20 de la altura con lástima mirar
cual silfo detenerse en una nube
y por mero deleite allí dormir,
sin que ni el ala de importuna mosca
viniese el grato sueño á interrumpir!
y volver á ascender con prestas alas
y acercarse á la atmósfera del sol
sin que el hálito ardiente me quemase
ni mis ojos cegase su fulgor:

mariposa atraida por la llama
30 en torno suyo con afan girar
y acercarme á su disco candescente
y beber su fecunda claridad
atraido dar vueltas, y atontado
al horno inmenso aprocximarme [*sic*] más
deslumbrado y en vértigo infinito
correr, girar, lanzarme, y espirar
y con las alas que abrasó su fuego
tronco sin vida, reposar allí
y fundirme cual cera en un instante
40 olvidar, desacerme, no sentir!
Mas que dije ¡Perdóname Dios mio!
cristiano soy: no en vano tengo fé:
á mi destino encadenado sigo
al mundo dó me puso tu poder.

Coro de Angeles.

Pobre mortal ¿que es el sol?
Luz pálida al lado de esta,
radiante luz que nos presta
de la gloria el arrebol.
prisionero [*sic*] ten paciencia
50 no es eterno tu destierro;
te sacará de tu encierro
del Señor la omnipotencia.
Así que los tristes lazos
rompas, de la humana vida
tu alma ya ennoblecida
reposará en nuestros brazos;
y allí no impera el dolor,
allí no existe el pesar,
allí tendrás que rogar
60 á las plantas del Señor.

El alma

Llevadme hermanos mios
llevadme á otra region
mas pura y mas ardiente
que el mismo ardiente sol.

Los Angeles

Adios!
Adios!

J.E.P.B. de Q. 1871.

[32] Bríndis

Yo brindo por el Rey que en el destierro
guarda el honor y el brio castellano
y brindo por poder en breve tiempo
besar su regia mano.

J.E.P.B. de Q. 1871.

[33] Otro

Ya que un valiente bríndis solicitas
que suba desde el alma hasta la boca,
brinda conmigo pues brindarte toca
por la mas bella de las Margaritas.[53]

J.E.P.B. de Q. 1871.

[34] Fragmento.

De la existencia humana el insondable arcano,
audaz mi ardiente genio intenta escudriñar
y del espeso velo que cubre nuestra vida
tan solo leve punta procuro levantar.
Saber! Hé aquí el anhelo, el norte que me guia;
me abraso y me consumo, con impaciente afán
el misterioso enigma, la esfinje tentadora
en pié permaneciendo me desafia audáz.
Llorar! es imposible, la fuente de las lágrimas
10 seca y como agotada por el dolor está:
que tanto en sus corrientes el alma bebió ansiosa
que ya no riegan nunca la flor de mi pesar.
Si de mi desaliento quieres oir un eco,
si el áspero sonido pretendes escuchar,

oh genio que presides el porvenir del hombre
inspira mi amargura! que voy á comenzar.
Al dolor consagrar[54] está la vida
desde que envuelto en nítidos pañales
el niño se cobija en el regazo
20 de madre cariñosa
que le mece amorosa.
Que es el dolor un duende
que en todas partes penetró atrevido,
yace entre nuestras ropas escondido
se oculta en los tapices de la estancia;
á nuestro lado á reposar se tiende,
perturba nuestras noches, y de dia
y[55] del sol la clara lúz nubla y enfria.
Lo mismo el magnate que opulento
30 bajo el techo de oro
acumula el espléndido tesoro
de riquezas sin cuento,
que el pordiosero que de sol un rayo
y negro pan tan solo por sustento
tiene, sufren su yugo;
habita los alcázares reales
y la sombría casa del verdugo;
la doncella en sus sueños virginales
vé su fantasma pálido y lloroso,
40 y la matrona igual que la doncella
le vé venir, al lado de su esposo.
Figuraos un hombre
á quien la suerte quiso
dar cuanto deseó, sin que le asombre
de humana dicha semejante exceso.
Figuráosle rico como Creso;
bello como Antinoo: libre de males
de los que afligen los demás mortales:
sin gota, reumatismo ni dolores
50 de esos que clasifican los doctores;
si sueña una muger, la vé en sus brazos
sin que el pudor se oponga á su deseo,
si aspira á diputado
podrá ser campeon del rey legítimo
sin que le chillen y le llamen !neo¡[56]
En fin que mas? No hay dique ni barrera
y la fortuna ansiosa se conjura
para satisfacer su afan, su anhelo
y hacer del mundo engañador un cielo:

60 Pues creeis que ese hombre
será feliz? Ensueño! farsa impía!
tendrá sí algun momento de alegría
al ver cumplido su primer capricho
que el hombre es un mal bicho
que por satisfacer es[57] necios afanes
convierte á los demás en ganapanes.
Pero trás del deseo satisfecho
viene la saciedad, viene el hastío,
la inquietud, la tristeza y el despecho;
70 legion de ángeles malos
que se irán á sentar junto á su almohada
ó en la cornisa del dorado lecho;
jugarán con los rizos de su frente,
(si es que no es calvo el héroe que pinto)
y tomando su alma inteligente,
se la devolverán emponzoñada,
y para siempre herida y destrozada.
Negras verá las sonrosadas flores
que en el campo el abril plácido pinta;
80 y en su suave tinta
el íris no verá de los amores.
Sus riquezas serán fardo pesado
y sujecion inútil y molesta;
el Champagne, entre hielo conservado
para que al paladar sea más grato,
lo igualará al vinillo despreciable
del bodegon del Gato.
Ni la muger de celestiales ojos
tendrá para él encantos ni atractivo
90 alguna casta y púdica hermosura
le hastiará encontrándola tan pura,
y de la libre y bacanal belleza
hartará sus sentidos la impureza.
Si á su paso brotaren frescas flores
que perfumen su vida,
las hollará tranquilo, indiferente;
despreciará lo que se llama honores;
secretario, ministro ó diputado,
periodista influyente,
100 Duque, Marqués ó miembro del Senado,
Rey ó conquistador ó tal vez Papa,
dueño de un trozo de européo mapa,
todo le será igual; que á todas partes
le seguirá la sombra del hastío;

ni riquezas, ni amor, ni poderío
ni la virtud, las ciencias ni las artes
despejarán su frente;
que por más que se diga,
para la criatura inteligente
110 hay siempre un más allá, que nunca toca,
porque es un sueño de su mente loca.
Sí; que en la humana cárcel prisionero
como cautivo péz en la redoma
ó alegre gilguerillo,
el alma á la materia á veces doma;
más preguntadle si la jaula de oro
ó de mimbres anhela,
y ella os dirá = Prefiero
no me píllen los chicos de la escuela.
120 Aplicad el oido
á cualquier pecho dó la sangre corra
y oid del corazon la sinfonía
¡y veréis cuantas notas de quebranto
por una sola nota de alegría!

Mas ya va largo el incorrecto canto
y me canso, pardiez, pues nada digo
y en resúmen, yo creo
que en este mundo ingrato
solo es feliz aquel que es mentecato.

J.E.P.B de Q. 1871.

[35] El primer amor.

Música misteriosa, alhagadora,
que el alma juvenil en sí atesora
y escucha entre perdida lontananza,....
es su esperanza.
Música que arrebata y electriza
y entre dulces perfumes se desliza
y encanta con su mágica influencia........
es su existencia
Música tierna al par que dolorosa
10 flébil, suave, triste y misteriosa
que dice al alma mia cuanto pierdo
es su recuerdo.

E.P.B. 1866.

[36] Poesía[58]

Recuerdos del bien perdido
que me destrozais el alma;
ved que bastante he sufrido,
restituidme la calma.
Felices aquellas horas
de dulce y pura alegria,
pasaron alhagadoras
llevando la dicha mia.
No siente su desventura
10 tanto, el que siempre sufriendo
no conoció la ventura,
nació y murió padeciendo;
cuanto él que en lecho de flores
sonriendo, recostado,
soñaba dichas y amores
por la ilusion deslumbrado.
Doblemente dolorosa
será para él la caída,
si vé esta ilusion hermosa
20 por siempre desvanecida.
Asi siento el corazon
por el desengaño herido:
ah! piedad de mi afliccion
recuerdos del bien perdido.

E.P.B. 1866.

[37] Visión[59]

En pós de una lluviosa y triste tarde,
vino la noche, pálida y sombría,
oscura y fría;
la luz opáca que en la mesa arde
alumbra las paredes de mi estancia
y sombras vagarosas,
errantes, temerosas
parece reflejar en la distancia.
De la leña el monótono ruido
10 que á veces chisporrea
en el fondo de rica chimenea,
hiere tan solo mi despierto oido;

y en tanto que el espíritu embebido
en mil contemplaciones
vaga por las etéreas regiones,
siento del pecho el regular latido
y pudiera contar sus pulsaciones.
Dán las doce en la iglesia mas cercana
y al espirar la lúgubre campana
20 cual evocada sombra, destacóse
allá del fondo de mi alcoba oscura
distinta y clara, colosal figura;
y en imponente paso
hácia mí adelantóse.

De espanto yerta, al par que fascinada,
á mi pesar á la vision miré,
y era un viejo de barba plateada
cuyo aspecto magnánimo admiré.
Sobre su azúl levita ensangrentada,
30 ancha y reciente herida comtemplé, [*sic*]
rayos despide su mirada ardiente
rayos brotar parecen de su frente
¿Quien eres tú? le dige temblorosa,
semioculta en el fondo del sillon;
si en algo te ofendí, dime piadosa,
que puedo hacer por tí, sombra ó vision.
Mirôme y su mirada bondadosa
tranquilizó mi débil corazon.
No temas, dijo en voz que nunca olvido,
40 yo soy un nombre para tí querido.
Soy el recuerdo de española gloria
que sangre en cien batallas derramé,
soy el emblema, el eco, la memoria
de todo lo que noble y grande fué.
Inclinada á mi frente la victoria
á manos de traidores espiré,
!soy en fin la lealtad, soy el derecho,
que en Vergara[60] cayó pedazos hecho¡
Al acabar de hablar, por su megilla
50 una lágrima ardiente resbaló,
que á la lúz del hogar, trémula brilla,
y con su mano la vision secó.
Yo atónita le oia, y con sencilla
curiosidad, al ver que se calló,
quise acercarme á él, y ví que huía,
y cual niebla ó vapor, se deshacía.

Y en su lugar la niebla disipada,
un gallardo mancebo, sonriente
ví, con blanca boina colocada
60 sobre sus negros rizos, y su frente.[61]
Radiante de belleza, en su rosada
megilla, el leve bozo aún naciente,
marca la adolescencia venturosa,
la edad del entusiasmo generoso.
Y con voz argentina y tan sonóra,
cual del clarín el bélico sonido,
en promesa de bien, alhagadora,
llegaron sus palabras á mi oido.

[38] Soneto. A Da. Margarita de Borbón

Hay una tierra, del Señor amada,
á quién prestó verdor y lozanía,
dando á su cielo, límpida alegría
y á su dormido mar, onda callada.
Dió a sus hijos, la mente apasionada,
la feliz y risueña fantasía,
y á sus hijas les dió del mediodía,
la gracia ardiente, de pudor ornada.
No le negó á sus huestes la victoria
10 en otra edad; y una ventura sola
aún no le concedió, que solicita.
Más tú, Señora, colmarás su gloria,
que esta tierra de amor, es la española,
y la dicha que espera, es Margarita.

J.E.P.B. de Q. 1871

[39] Una ilusión

Si en el sendero de la humana vida
volver pudiese atrás,
recogeria una ilusion perdida,
una sola; nó más.
Yo soñé que verdad era la gloria,
y ardiente trabajé,
y esa ilusion, de entre la humana escoria,
no la recogeré.

Creí tambien, con corazon de niño
10 en la noble amistad,
¡ilusiones de afecto y de cariño
adios... adios [*sic*] quedad!
Ensueños del poder, de la fortuna,
de la felicidad,
id con Dios! Vuestras hojas una á una
en la senda dejad.
Pero hay otra ilusion encantadora,
mi esperanza mejor!
oh quién pudiera recoger ahora
20 mis ensueños de amor!
Entre la niebla de color de rosa
de la primera edad,
oh quién pudiera columbrar graciosa,
vuestra risueña faz!
Que entonces, con las hojas de las flores
que perdí y arrojé,
el ramo de la dicha y los amores
de nuevo formaré.
Y arrojando el hastío que en mi llevo,
30 y olvidando el sufrir,
su emanación perfumará de nuevo
mi lánguido existir.

E.P.B. 1866

[40] Soneto. A Dn. J. B. A.[62]

Como al radiar el sol en mediodía
matiza el cielo de color de rosa;
más al perder su límpida alegria
cubre su luz la nube tormentosa,
y la del rayo sustituye impía
á la anterior tan plácida y hermosa;
así el destino infausto de María
emocion nos produce dolorosa.
Más tu pluma, con mágicos colores
10 su leyenda vistió, de tal manera,
que mas bella se muestra en sus dolores;
como acaso en la gaya primavera
el llanto del rocio, dá a las flores
tinta mas armoniosa y placentera.

E.P.B. 1866.

[41] Una noche de luna.

De la luna silenciosa
el rayo miro de plata
que en las ondas se retrata
haciéndolas chispear,
y bajo la clara lumbre
del fulgurante reflejo,
brilla como inmenso espejo
la superficie del mar.
Todo calla; allá en el monte
10 solo se escucha el ruido
que hace el ramage movido
por aúra léve tal véz,
y el paisage melancólico
que se estiende en lontananza
la vista á admirar alcanza
en toda su esplendidéz.
El ancho espacio del cielo
de luceros salpicado,
ni un solo instante ha velado
20 una nube con su túl,
solo la suave luna
serena, resplandeciente
ostenta su blanca frente
en el magnífico azúl.
No sé por que, en esta noche
de tan deliciosa calma,
yo siento dentro del alma
inesplicable pesar,
mientras por esta ventana
30 que baña la lumbre pura
la atmósfera se satura
del perfume del azahar.
De la robleda lejana
entre la fronda sombría
el eco acaso me envia
algun suspiro de amor,
y agítase en el ramage
que á veces el aire mueve
una sombra vaga y leve
40 de indefinible color.
Y en tanto la blanca luna
vierte su rayo de plata
y en las ondas se retrata

haciéndolas chispear,
y bajo la clara lúmbre
del fulgurante reflejo,
brilla como inmenso espejo
la superficie del mar.

E.P.B. 1867.

[42] Un Adios

Huye ligero el abrasado estío
cual sueño de ventura,
como ilusion resplandeciente y pura.
Sobre los campos, rápido y sombrío
tiende el otoño su aplomado velo,
de secas hojas alfombrando el suelo.
Adios, mis campos llenos de rocío,
adios mis perfumados limoneros
de aroma penetrante!
10 No he de volver á veros,
ni ya la brisa en el azahar posada
oreará tranquila mi semblante¡ [*sic*]
Adios tambien al saúce pensativo
bajo de cuyas ramas
vagos sueños de amor formó mi mente,
donde he visto la luna que se baña
en el azúl del cielo trasparente.
Cuando vuelva otra vez la primavera
yo volveré cual vuelve al grato nido
20 golondrina ligera,
y á respirar la brisa perfumada
me sentaré debajo la enramada.

E.P.B. 1867.

[43] Dedicatoria de mi álbum
A mi esposa.[63]

Seré, sin detenerme hasta encontrarte,
peregrino de amor sobre la vida,
compañero del ansia de mirarte;

y solo para tí, sombra querida,
los dulces ayes, que el placer reparte,
ó suspiros del alma dolorida
en la callada soledad exhalados
guardaré entre estas hojas disecadas.

L. P.

[44] Recuerdo á mi amiga E.P.B. de Quiroga

Tú que has sabido escogér
Aquél tan perfecto estado
Que Dios tiene reserbado
A toda buena mujér.
Tú que hás sabido querér
Y alcanzar por tus encántos
Lo que alcanzáran los santos
Que es la dicha y el placér.
Sé muy felíz con tu esposo,
10 Amándolo con ternura
Y el mismo Dios bondadóso
Envidiará tu ventúra.

L. S. Montes[64]
Carballino Fbro 18 de 1871

[45] A Emilia

No soy poeta, no á fé
Ni apenas versos he hecho;
Pero sin saber porqué
Siempre un lugar en mi pecho
Para el poeta guardé.

——

Y cuando, niña aun, te ví
Ser todo alma é inspiracion,
Allá en mi interior sentí
Que se elevaba hacia tí
10 Un canto del corazon.

——

Hoy un verso me pediste;
Si allí mi honda simpatía
Apercibir pudiste,
Es que mi lengua resiste
La espresion de la poesía.

———

Que en mi árido pensamiento
Si un dia una flor asoma,
Al dar forma al pensamiento
Siempre la roba mi aliento
20 Los colores y el aroma.

Leandro Prieto

[46] Brindis

De Emilia correspondiendo
La galante invitacion
Diré sin afectacion
Que estos ámbitos satura
de Cármen la donosura
De Emilia la inspiracion.

Leandro Prieto

Jaime

I

Fruto de mis entrañas el primero,
después que el ser te di por mi fortuna,
se liquidó mi corazón entero
en lágrimas de amor sobre tu cuna.
De aquel amor al plácido rocío
sentí de nuevo florecer el alma;
así las ondas de ignorado río
hacen que brote la africana palma.
Y como la bandada de las aves
10 canta otra vez del sol con la presencia,
despertó tu mirar cantos suaves;
los perfumó la flor de tu inocencia.

II

Alma mía, pasó ya la noche,
la noche y su sombra,
y en ti y en los cielos
despunta la aurora.
Alma mía, despliega esas alas
que inertes y rotas
plegaste, cual suele
la herida paloma.
Alma mía, renace al consuelo,
10 renace a la gloria:
amable es el mundo,
la vida es hermosa.
Alma mía, poblóse el desierto
de mirtos y rosas,
susurros, perfumes,
gorjeos y notas.

III

Cuando en las horas de la tarde quieta
junto a mi seno estás,
entonces en la lira del poeta
hay una cuerda más.
Cuando dicha tan íntima y completa
al corazón me das,
entonces en la lira del poeta
hay una cuerda más.

IV

En deliciosa paz bañado el pecho,
inmóvil en mi lecho,
creíame del cielo en la mansión;
y el bautizo solemne concluido,
el ángel fue traído:
lleguéle al corazón.

El signo del cristiano y del creyente
mirar pienso en su frente:
ver creo en ella la bendita cruz;
10 y esta cándida faz, tan breve y pura,
anima y transfigura
divina y nueva luz.

El agua por su cuello han derramado
que en el Jordán sagrado
la cabeza mojó del Redentor;
y ya dos veces es el ángel hombre:
hoy, de Jesús en nombre,
ayer, por mi dolor.

V

El Ángel de la Guarda,
en pie cabe la cuna,
orea tus mejillas
del ala con las plumas.
Tejido está su manto
y su nevada túnica

con pétalos de lirio
y rayos de la luna.
Una cautiva estrella
10 su grave frente pura
y la tranquila estancia
con vaga luz alumbra;
y sale de su boca,
como lejana música,
un canto misterioso
que tu dormir arrulla.
¿Qué dice?...[1]
Yo le escucho
extática y confusa,
como se escucha al aura
20 que en el vergel murmura...
Cuando al combate llegues
de la existencia ruda,
y al ver que los malvados
al bien y a Dios insultan,
la indignación conozcas
que tu mirar ofusca
y el alma te devasten
torrentes de amargura...
acuérdate, bien mío,
30 de aquella dulce música
del Ángel de la Guarda
en pie cabe la cuna.

VI

Contenido el aliento
y en quedos pasos
lleguéme hasta su cuna,
capullo blanco,
donde duerme ese sueño
profundo y manso
que disfrutan las almas
do no hay pecados.
Abiertos como flores
10 están sus labios,
y un leve vapor tibio,
más aromático
que son los azahares

de los naranjos,
exhala, y me deleito
con respirarlo.
Cubrí con el embozo
sus tiernos brazos,
mas él tornó impaciente
20 a destaparlos,
y en graciosa postura
quedó acostado,
desnudo, sonriente,
redondo y cándido,
como los amorcillos
que pinta Albano.[2]

VII

Cuando Dios arrojó del paraíso
a la culpable y desdichada Eva,
a cambio del Edén, que allí perdía,
otro Edén le ofreció sobre la tierra.
Puso dulce calor en su regazo,
fecunda sangre repartió en sus venas,
puso en su seno regalada leche,
puso en su corazón ternura inmensa.
Hízola manantial del río humano,
10 depósito de seres en potencia,
flor cuyo cáliz atesora el fruto,
vaso precioso que el amor encierra.
Como la Ceres de la griega fábula,
la mujer a sus pechos alimenta
toda la humanidad: inextinguible
la vida universal palpita en ella.

* * *

Oh madre de las madres, mar de vida,
océano sin fin, Naturaleza:
ya que después del aterido invierno
20 haces reír la hermosa primavera,
ya que viste el tronco de verdura,
ya que crías la flor entre las peñas,
ya que en ti todo nace y se transforma,
ya que burlas la muerte con tus fuerzas,
ya que tejes el nido para el ave,
ya que el niño me das, ¡bendita seas!

VIII

Mi seno y tu boquita
por misterioso impulso
se unieron, al instante
en que viniste al mundo.
Como la abeja busca
miel en el cáliz puro,
que en ella tal instinto
Naturaleza puso,
así tus dulces labios
10 reclaman el tributo
que en ondas abundantes
va de mi ser al tuyo.

IX

Misterio es el nido,
misterio es la cuna,
y misterio ese polvo de estrellas
que cubre del cielo la bóveda augusta.

Misterio es la vida,
misterio es la tumba;
son hermanas la vida y la muerte;
sepulcros son sólo los nidos y cunas.

El ser cuando nace
10 es luz que hoy alumbra,
y ayer era la sombra, y mañana
de nuevo en la fría tiniebla se oculta.

Mas todo no muere,
ni todo se anula:
como bajo la concha la perla,
el alma del hombre se encierra en la cuna.

X

Ángel mío, algún día
   serás un hombre.
Veréte tan gallardo
   como los robles;
veré cómo se ensanchan
   tus horizontes,
y cómo mil distintas
   sendas recorres;
y acaso podré verte
10   que en lides nobles
ganas lauro que ciñen
   los vencedores.

¡No importa! Aunque a mis brazos
   triunfante llegues,
no darás a mi espíritu
   más que hoy le ofreces;
que hoy eres blanca página
   que no contiene
ni signos ni diseños
20   ni caracteres,
y en tu vago crepúsculo
   finge la mente
todas las cosas bellas
   que el mundo tiene.

XI

Estaba aquella noche
magnífico el sarao,
que alumbran mil bujías
en ricos candelabros,
girándolas esbeltas
mecheros cincelados.
Las joyas y los trajes
de terciopelo y raso
reflejan mil matices
10 y mil destellos mágicos,
y de la danza leda
el torbellino raudo
cruzaba ante mis ojos
cual fugitivo encanto.

Había en los semblantes
risueños y animados
yo no sé qué de oculto,
yo no sé qué de amargo,
así como cenizas
20 de yertos desengaños
que del placer la hoguera
encubre con trabajo.
Y al retornar a casa,
cabe tu lecho blanco
do te dejé dormido,
donde dormido te hallo,
hallé a tu cabecera
también, con gesto manso,
la dulce paz del alma
30 ausente del sarao.

XII[3]

Aquello que pensé junto a tu cuna
contarte quiero aquí.
Pensé, mi bien, en cuanto la fortuna
reserva para ti;

en el combate que te guarda acaso
el mundo engañador;
en las espinas que han de darte al paso
las rosas del amor;

en el estudio grave; en el camino
10 que un día has de seguir;
en la callada esfinge del destino
que vela el porvenir;

en esa frente, donde oculto siento
un germen, un botón,
que algún día dará de pensamiento
completa floración:

luz que, opaca al presente y misteriosa,
mañana brillará,
porque en sí tiene el alma, cual la rosa
20 en el capullo está . . .

Pensé que, venturoso o desdichado,
con pena o con placer,
temprano o tarde, al panteón helado
tendrás que descender;

y que yo debo a su recinto frío
antes que tú llegar...
y pensé muchas cosas, ángel mío,
que no acierto a expresar.

XIII

Al cruzar tú los umbrales,
hasta las viejas murallas
que tapizan de verdura
madreselvas perfumadas,
bignonias de rojo cáliz,
flexibles glicinias [*sic*] pálidas,
vi que alegres se vistieron
nuevo manto y ricas galas;
y las sombrías pinturas
10 que adornan la antigua estancia
y son retrato de aquellos
que ha mucho la tumba guarda,
te siguieron, ángel mío,
con amorosa mirada.
Los grillos del lar, que buscan
refugio en sus piedras pardas,
aquella noche entonaron
estridente serenata;
y el fiel perro en su caseta,
20 y en el establo las vacas,
y allá en la huerta los pájaros
escondidos en las ramas,
por darte la bienvenida
pensé que se despertaban.
Y hasta el ruiseñor, que nunca
en tal paraje cantara,
de la luna a los reflejos
trinó bajo mi ventana...
Mas no eran los ruiseñores,
30 ni los tiene esta comarca;
era el himno de ventura
que mi corazón alzaba.

XIV

En un rosal de mi huerto
un jilguero labró nido,
y con noble confianza
en el sitio más florido,
más central y descubierto
colgó el lecho de esperanza.

Delicado huevecillo
puso allí, como una perla
que entre flores se cuajase;
10 y voló después, sencillo,
sin recelo de que, al verla,
su postura le robase.

Haces bien, ave del cielo,
que no cabe a tus amores
asechanza en mí ninguna;
ven, incuba[4] tu polluelo,
que tu nido está en las flores,
y en mi cuarto está la cuna.

XV

Esa luna que ves en el estanque
y que anhelas tocar,
es reflejo de aquella que allá arriba
amante luz nos da.
Así suele en la vida trabajosa
ser la felicidad:
reflejo de lo alto, que seguimos
sin poderlo alcanzar.

XVI

En el jardín alegre
de la paterna casa
tus vacilantes pasos
por vez primera ensayas.
Como abejilla nueva
al vuelo no avezada
que en todo rico cáliz

embebecida para,
tú así, de toda fruta
10 que pende en toda rama,
de toda flor brillante,
de toda verde mata,
cautivo te detienes,
y en muestra apresurada
con ojos y con manos
y gritos la demandas,
y las mejillas frescas
te surcan lindas lágrimas,
más dulces que el rocío,
20 más que la luna claras.
Yo cojo al fin la fruta
o flor tan deseada,
y trueco en gozo y risa
el llanto que derramas;
que en este paraíso
de tu serena infancia
no existe árbol alguno
que fruta dé vedada.
Mas cuando tú en el mundo
30 penetres entusiasta,
lozanos los deseos
y virginal el alma,
verás, mi bien, cien flores
divinas y gallardas,
y ni pedirlas debes
ni nadie debe dártelas.
Goza aquí, pues, bien mío,
que aquí te dan sin tasa
perfumes y sabores
40 y pétalos y galas
las frutas de mi huerto,
las flores de mi alma.[5]

XVII

El juguete al romper que fue tu sueño,
ver quieres su interior;
y hoy con igual curiosidad y empeño
deshojas esa flor.
¿Qué viste dentro del juguete? Nada;
tosca madera, alambre en derredor.

¿Qué quedó de la rosa deshojada?
Tallo marchito, cáliz sin olor.
No rompas el resorte de la vida
10 por mirar su interior:
va la ventura a la ilusión unida,
cual la luz al color.

XVIII

No sólo las madres jóvenes,
sino hasta las pobres viejas
que recogen la limosna
vagando de puerta en puerta,
cuando te miran exclaman,
cuando te miran se alegran,
y dante mil bendiciones
tendiendo las manos secas.
Tú, sin huir sus harapos,
10 a las mendigas te llegas;
pareces flor que brotase
entre desoladas peñas.

XIX

Si al llegar a la edad de los amores
eres bello cual hoy;
si tienes esos ojos soñadores
que contemplando estoy;
si es tu mirar tan cándido y brillante
como es hoy tu mirar,
tu voz tan persuasiva y tan amante
cual hoy al suplicar;
si ríes con tu risa encantadora,
10 arpegio de placer...
como la madre contemplarte ahora,
verás a la mujer.

* * *

Pero el hechizo que en tu rostro anida
entonces no tendrás.
La inocencia florece en esta vida
una vez nada más.

XX

Pasado mucho tiempo, cuando sean
dos mil o tres mil años transcurridos,
en biblioteca antigua
o en empolvado archivo
algún celoso sabio
descubrirá este libro.
Descifrará paciente, infatigable,
los nombres, los pronombres, los artículos,
hallando, así que entienda
10 recóndito el sentido,
bajo un idioma muerto
un corazón muy vivo.
Y en los remotos días venideros
de aquel futuro y apartado siglo,
habrá, como al presente,
canciones, flores, nidos,
y cunas con sus ángeles,
y madres con sus hijos.

Otras Poesías

1 *La opresión. Apólogo*

En aquel tiempo feliz
que, según Esopo cuenta,
hablaban los animales
cual si racionales fueran,
de los conejos pacíficos
la fértil y hermosa tierra,
que bajo el yugo süave
de su senado prospera,
vio de repente arribar
10 a sus pobladas florestas,
como si de negra nube
lanzado acaso cayera,
el monstruo más horroroso,
la calamidad más fiera—
un rojo y sangriento tigre,
clavando su garra artera;
y ya se ve, los conejos
cedieron pronto a la fuerza,
y bajo su mando el tigre
20 la tímida grey sujeta.
Gimió por muy largos años
bajo su yugo la tierra,
hasta que por fin un día,
agitando su melena,
pasó por allí un león.
Su vista noble, altanera,
miró las calamidades
a que se hallaba sujeta
la comarca infortunada,
30 y quiso librarla de ellas.
Citólos, pues, y llevándolos
a lo oscuro de la selva,
les dijo: «Sacudid ya,
menguados, vuestras cadenas.
Mañana, hallaos aquí...
Yo me encargo de romperlas.»
Unos fueron, y otros no.
Él se puso a su cabeza,

y al punto aterrado el tigre
40 convoca de las praderas
otros fieros animales—
onzas, leopardos, panteras—
contra el león generoso,
y a marchar todos se aprestan.
Mas el tigre, tan cobarde
como feroz antes era,
decía: «Vaya, el león
ha perdido la cabeza,
aunque él es noble y leal
50 y yo le quiero de veras.»
Decía así, con objeto
de que, si el león venciera,
le perdonara su vida,
de tantos crímenes llena.
Mas la suerte de las armas,
siempre caprichosa y ciega,

* * *

Así se engríe en su arrogancia loca
aquel que en el peligro fue cobarde;
pero si hoy su castigo no le toca,
60 *tenga paciencia, que vendrá más tarde.*

Almanaque de la 'Soberanía Nacional', 1867
(Madrid, 1866), p.122[1]

2 *Reflexiones sobre el agonizante año de 1866*

—Voy a dejar esta vida[2]
y me alegro: mas no obstante,
quiero aguardar un instante
y darle mi despedida.
Del mundo, pues, me despido
sin lágrimas en los ojos,
que sólo penas y enojos
por tributo he recogido.
¡Qué marasmo y confusión,
10 qué babel y algarabía!
Están tocando, a fe mía,
los hombres el violón.

¡Cetro maldito! En un brete
estuve, y es mi consuelo
que pronto hollará este suelo
el año sesenta y siete.
Si el que viene entusiasmado,
rebosando en ilusiones,
imita mis tropezones,
20 ¡pardiez, que saldrá medrado!

⋆ ⋆ ⋆

Intrépidos los prusianos
batallaron y vencieron,
y como buenos cumplieron
lidiando los italianos.[3]
La *Palestro* dio a la historia
de heroísmo raro ejemplo;
las aguas fueron el templo
do se cantó su victoria.[4]
Inglaterra indiferente
30 hizo el *John Bull* a su modo,
diciendo «yes, well» a todo
entre el ron y el té caliente.[5]
El yugo sintió Candía[6]
y lo quiso sacudir...
debe ser triste vivir
dependiendo de Turquía.[7]
Grecia también con encono
arde en escondidos fuegos,
y el joven rey de los griegos
40 siente vacilar su trono.[8]
Atento el suyo examina
el *César* Maximiliano,
que el injerto soberano,
en vez de medrar, declina.[9]

⋆ ⋆ ⋆

Duélome de una locura...
como me he dolido un día
de Pareja, cuando hería
su pecho en grande amargura.[10]
Mas si hay un caudillo menos,
50 otro aparece esforzado
que ametralla denodado
a peruanos y chilenos.[11]
Y conste en hojas y pliegos,
sin comentarios ni glosas,

que en Galicia, entre otras cosas,
hay para todo gallegos.
Díganlo los que, a sus solas
temblando en la sombra oscura,
ven por doquier la figura
60 de las naves españolas.
Francia, un poco cabizbaja,
con lo de Prusia anda inquieta,
que quien al Austria sujeta
no es ningún rey de baraja.[12]

* * *

Rusia instintos liberales
luce hablando en progresista;
un paso... y pasa el czar lista
a los guardias nacionales.[13]
Libre Venecia al sol brilla,
70 rota *la espada de Breno*...[14]
y aquí sólo hubo de bueno
la llegada de Zorrilla.[15]
Bien haya el vate, y no obstante
de su ingenio peregrino,
mira atrás... cuando el camino
está delante... ¡adelante!
Casi en todas las naciones
se hacen aprestos sin cuento,
Portugal su campamento,
80 España, sendos millones.
Mas caminan tan de prisa
en esta tierra esquilmada,
que al hora menos pensada
quedan todos... sin camisa...
Y entre tanto, yo he seguido
la marcha que el siglo tiene,
siendo a tenor de su higiene
hipócrita o corrompido.
Ya desdeñoso o rastrero,
90 de faz risueña o ceñuda,
pero lo que fui sin duda:
muy escaso de dinero.

* * *

Como suele el hombre huir
del lazo del matrimonio,
la mujer, que es el demonio,
ha empezado a discurrir.

Y a su garganta ciñó
cintas de más de una vara;
a fantasía tan rara,
100 «sígueme, pollo» llamó.[16]
Mas ellos se hacen de pencas,
buscando alguna cucaña,
y habrá que armarles con caña
como quien pesca á las tencas.
Algo más favorecida [*sic*]
en África, el rey de Egipto
declaró por un rescripto
la poligamia abolida;[17]
y despejando una reja
110 de su harem, con garbo y brío,
«Chicas —les dijo—, al avío,
cada cual con su pareja.»
El mundo marcha, y no en vano,
¡mas vaya unos entremeses!,
pues ¡no intentan los ingleses
hacer gas del cuerpo humano![18]

⋆ ⋆ ⋆

Un *buque-cigarro* ha sido
al mar lanzado ligero;[19]
un *fusil-alfiletero*
120 vencer al Austria ha sabido;[20]
y en subasta a las naciones,
según nos cuenta un diario,
anda un espejo incendiario
que abrasará cien legiones.[21]
Y entre aguas y mujeres,
cigarro, espejo y costuras
se pasa el tiempo en diabluras,
en humo y vanos placeres.
Y en medio de tanta gloria...
130 ¡hay tanta miseria y llanto!...
¡¡hay tantos que sufren tanto...
sin hacer tiempo ni historia!!...[22]
En fin, tengo la conciencia
llena de más de un pecado;
si malo fue mi reinado,
mucho peor es mi herencia.

—Así discurría ayer
el año viejo, contrito;
y detrás al pequeñito
140 vi risueño aparecer.

Almanaque de Galicia para uso de la juventud elegante y de buen tono dedicado a todas las bellas hijas del país, 1867 (Imprenta de Soto Freire, Lugo, 1866), pp. 39-40

3 *El consejo*[23]

Temo —dijo el león— que el pueblo mío
con orgullo precoz y furia insana
hasta mi trono llegará mañana
en alas de su loco desvarío.
Y si yo de conducta no varío...
Mas, si estos diques su poder allana,
mostraré que con frente soberana
de su villana cólera me río.
—¿Qué dice de esto el bobo? —Yo dijera
10 que, al acercarse el pueblo, destrozado
por vuestra guardia valerosa fuera.
—¿Y el perro, cómo queda tan callado?
Miró el mastín magnánimo a la fiera
y señalóle el reino desolado.

Almanaque de Galicia [...] *1868* (Imprenta de Soto Freire, Lugo, 1867), p. 40

4 *'Era usancia en rancios días'*

Era usancia en rancios días
Que á las damas donde quiera
Homenage se rindiera
De amable galantería
Hoy les brinda el siglo esquivo
A todo culto perfil
En vez de ternezas mil
Un muera provocativo

Pero si reclama en vano
10 El respeto la muger
Preciso será volver
Por el honor Castellano
El que quiera pregonar
Que por liberal descuella
Vaya dígalo en Estella[24]
Y no en la Rúa del Villar
Y no a dos damas le grite
Que no se le da por ello
Que se lo cuente al del sello
20 Veremos si lo repite.[25]

Manuscrito, 1870, del archivo personal
de D. Jacobo García Blanco-Cicerón

5 *Descripción de las Rías Bajas*[26]

Cuando, cansado de la lucha inquieta
a que vive sujeta
el alma en el bullir de las ciudades,
dirijo, como el ciervo hacia la fuente,
mis pasos nuevamente
de mi patria a las dulces soledades:

no voy ni a las cantábricas riberas
que, rebaño de fieras,
azotan en su cólera las olas,
10 ni a las sierras abruptas, sus vecinas,
donde viejas encinas
se elevan melancólicas y solas.

No recorro de Orense los senderos,
los mil desfiladeros
que surcan la granítica montaña,
ni en la fértil Mariña a la aldeana,
la del dengue de grana,[27]
pido un puesto al hogar de su cabaña.

Yo sé de un rinconcito de Galicia
20 que bajo la caricia
de un sol digno de Nápoles o Malta
produce limoneros y granados,
y sus alegres prados
con flores de los trópicos esmalta;

donde el mar, tan azul como el zafiro,
con el blando suspiro
de la brisa se riza mansamente,
como de la pasión ante el lenguaje
palpita bajo el traje
30 el seno de la virgen inocente;

donde en noches profundas, estrelladas,[28]
las auras van cargadas
de perfume de azahar y madreselva,
y remeda un fantástico gemido
el trémulo chasquido
de los pinos gigantes de la selva.

Tiene de su celaje en los fulgores,
en sus extrañas flores,
la gracia sensual del Mediodía,
40 y en sus grandes florestas, salpicadas
de arroyos y cascadas,
del Norte la tenaz melancolía.[29]

El aloe[30] sus hojas africanas
opone a las lianas
que le ciñen de blancas campanillas,
y los bíblicos nardos sus corolas,
al rumor de las olas,
despliegan [*sic*] de la ría en las orillas.

De la luna a los pálidos fulgores
50 los dulces ruiseñores,
recelando la luz de la mañana,
lanzan sus trinos, sus canoras notas,
que mece el aire rotas,
como un hilo de perlas se desgrana.

¡Qué es dejar con el alba el lecho blando
y, la costa orillando,
ver cuajarse la mar de blancas velas,
que, a la pesca al salir de la sardina,
como el ave marina
60 van trazando en el agua sus estelas!

¡Qué grato, cuando en calma religiosa
la tarde misteriosa
se viste los matices del Poniente,
ascender, entre sendas escondidas,
al altar de druïdas,
que a despecho del tiempo alza la frente!

Allí la áurea segur habrá cortado
el muérdago sagrado,
y, ceñidas las sienes de verbena,
70 la galáica virgen, como un hada,
cruzó por la enramada
a la nocturna claridad serena.

Mi deseo a la playa me encamina,
y sobre arena fina
huella mi pie mil conchas caprichosas,
y viendo como muere, sesgo y manso,
el mar en un remanso,
me complazco en coger las más hermosas.

O bien, en tardes de huracán y bruma,
80 reventando en espuma
oigo la voz de los abismos grave,
viendo de la tormenta que la azota
huir la gaviota
a posarse graznando en una nave.

Veo, desnudos los robustos brazos,
entre redes y lazos
coger al simple pez los marineros,
y con gritos de júbilo, arrancados
de los centros salados,
90 amontonar los pobres prisioneros.

Del pescador el inocente hijuelo,
revuelto el rubio pelo,
con rostro que tostó brisa marina,
trémulo de ansiedad, con faz risueña,
parece allí en la peña
una estatua de bronce florentina.

Con leve planta y vivo movimiento,
suelta la trenza al viento,
cruzan por los extensos arenales
100 las hijas de la costa, en cuyas venas
de griega sangre llenas
una savia febril corre a raudales.

Su vida, en Portonovo,[31] solitaria
se pasa sedentaria
labrando encajes y soñando amores,
y, como piensan siempre en un ausente,
es de mármol su frente,
y faltan a su rostro los colores.

Yo las he visto, con sus grandes ojos,
110 con sus pañuelos rojos
que se anudan atrás a la cintura,
mirando al mar, absortas en un sueño,
y hallé que en su diseño
es la Venus de Milo menos pura.

¿Y quién sabe si en épocas remotas,
cuando las griegas flotas
vinieron a abordar a estos lugares,
el modelo que fue de Praxiteles[32]
no huyó de sus cinceles
120 y alzó aquí sus domésticos altares?

¿Y por qué no? De su inmortal belleza
aquí Naturaleza
revela los misterios seductores,
y una corriente universal de vida
parece difundida
en el mar, en las selvas, en las flores.

Se percibe el eterno movimiento
del gran renacimiento
que está incesante renovando al mundo,
130 y, activo aún en la nocturna calma,
habla el paisaje al alma
con verbo elocuentísimo y profundo.

Si del polvo candente del desierto
como del polo yerto
Dios anima la nieve y las llanuras,
¡cuánto en el deleitoso panorama
le siente el que le ama
de este mar, estos montes y espesuras!

Tanto diverso cuadro, que me encanta,
140 el himno son que canta
a su gloria la tierra, el agua, el cielo,
y surge, al espectáculo imponente,
más hondo y más ardiente
de comprenderle el infinito anhelo.

El que suspire como yo suspiro
por el almo retiro,
tendrá en las Rías Bajas su delicia,
que son lo más poético que encierra
esta risueña tierra,
150 ¡esta bendita patria de Galicia!

J. Emilia Pardo Bazán [1875]

6 *Lo que pasa*

Niña candorosa y tierna,
que amor ardiente me juras
y a cada paso aseguras
que tu pasión es eterna:
mira la lozana flor
que ostentas en el prendido,
y mañana habrá perdido
galas, aroma y color.
Mujer, toda seducciones,
10 que me afirmas suspirando
que han de seguir palpitando
así nuestros corazones:
mira la nieve ligera,
alfombra de los collados,
cuyos copos delicados
derrite la primavera.
La nieve, voz del invierno,
voz del estío, la flor,
ambas dicen que el amor
20 no es inmutable ni eterno;
que aquel que cambia no olvida;
que son del amor la esencia
oleadas de la existencia
y agitaciones de vida;
que nuestro espíritu ardiente,
en su ritmo inexplicado,
no se para estacionado,
se mueve constantemente;
y que, habiendo identidad
30 en todo amor en el mundo,
su atractivo más profundo
es quizá la variedad.

El Heraldo Gallego, IV, núm. 4,
12 de julio de 1876, 31

7 *Las Burgas*

Tiene Orense un manantial
de condición tan extraña,
que no se conoce igual
—pese a España y Portugal—
ni en Portugal ni en España.
De la peregrina fuente
en copiosa proyección
brota el agua tan caliente,[33]
que sube —y es tradición—
10 del infierno la corriente.
Salvo mejor parecer,
tengo por error profundo
en el infierno poner
el calor, vida del mundo,
fomento de todo ser;
que allá en el reino sombrío
donde Satanás impera
entre horrores y vacío,
más que de calor, pudiera
20 sufrir el alma de frío.
Y si esto fuese un error,
erró también aquel tierno
Serafín lleno de ardor
que nos dice que «el infierno
es un lugar sin amor».[34]
Así Teresa entendía
la fe con que a Jesús ama;
por eso Jesús un día
con una flecha de llama
30 el corazón le partía.[35]
Fuego es, pues, el amor santo,
fuego el viril heroísmo
que la historia ensalza tanto,
y fuego el trasporte mismo
que dicta al vate su canto.
Los pueblos, en mi opinión,
cuando entusiastas cumplieron
alguna grande misión,
copiosas brotar sintieron
40 ¡*Burgas* en el corazón!

1876

El Heraldo Gallego, IV, núm. 42, 25
de noviembre de 1876, 330-31

8 *Al insigne filosofo Feijóo*[36]

. . . .
Beato te, che il fato
«á viver non dannó fra tanto orrore»
G. Leopardi: Sopra il
monumento di Dante.

ODA

¡Ficcion, brillante Diosa! Rasga el velo
que al poeta prestaste,
y aléjate callada.
Ya que a la sacra voz del patrio suelo
vibra el arpa olvidada,
despiértela del sueño en que yaciera,
único numen, la Verdad severa.

¡Oh Verdad! ¡Ansia eterna, paraíso
prometido al mortal! Tus resplandores
10 la frente iluminaron del que quiso
sendas al pensamiento abrir mejores:
del que armado de crítico escalpelo
con firme pulso disecó la vana
retórica que en aulas se aprendía,
y, —de nombre no más—, filosofía[37]
era disfraz a la ignorancia humana.
¡Palabras solamente! A tal confuso
montón de frases arrojado al viento
llamaban el sofista y el iluso
20 sublime concepción del pensamiento:
en árida capciosa sutileza
el ingenio español, extraviado,
se agotaba y estéril revolvía
girando sin cesar sobre sí mismo:
y de la luz del día
como el ave nocturna horrorizado,
sellaba la razón con el candado
del viejo dogmatismo!

* * *

Velo Feijóo. Con generoso alarde
30 dice «atrás» al error «marcha» a la idea
«libre vuela» al espiritu cobarde
y a la tímida ciencia «avanza y crea».

Y radiante la faz, y el alma henchida
de entusiasmo y de unción, tiende la mano
señalando la gran Naturaleza.
«Dad», les grita, «al olvido
«tanto sofisma vano:
«campo es el Universo, a la mirada
«de los contempladores siempre abierto,
40 «cuya magia y belleza
«nos revela un Artista soberano:
«su atenta observación es rumbo cierto;
«la hipótesis es nada».

* * *

Y a su voz, como cría de altanera
águila, en breve jaula detenida,
si los hierros quebraron
de su estrecha prisión, rauda y ligera
se lanza a los espacios y a la vida,
así, sedientas de tender su vuelo,
50 las ciencias se elevaron
con un grito de júbilo hasta el cielo.
Sin trabas ni recelo
la física estudió los naturales
fenómenos, a leyes reducidos,
por su misma unidad más colosales;
rasgó la medicina sus anales
y escéptica emprendió la nueva vía:
globos y mundos registró sin cuento
en el éter azul del firmamento
60 con telescopio audaz la astronomía:
y distinguió la atónita ojeada
en el espacio escrito
con refulgentes letras siderales
este verbo «Infinito»!

* * *

Mas no sin combatir ganó la palma
de la victoria el sabio.
Cual víbora sedienta
cebó la envidia en él rabioso labio:
Y como tras la calma
70 en el mar se desata una tormenta
sacudiendo mugientes oleadas
contra la escueta roca,

injurias y libelos a bandadas
en el firme peñasco de su alma
se fueron a estrellar con furia loca.

★ ★ ★

Impávido los vió.
Jamás rendido
de la verdad el campeón vacila:
antes, por alta mano sostenido,
80 camina al ideal apetecido
que en lejano horizonte se perfila.
¡Gladiador del porvenir valiente,
que nada tu fe robe!
Si te ciñen espinas a la frente,
di, como Galileo: «E pur si muove»!

Tú filósofo audaz, miras sereno
el huracán que en derredor mugía:
que al libertar la inteligencia esclava,
presentiste una era, que asomaba
90 como el alba del día.
Y encontraste volviéndote al pasado
a tus predecesores,
aquellos valerosos pensadores
Vives, Locke, Bacon... Ibas cercado
de sombras que gritaban a tu oído:
«¡no temas!, ¡adelante!»
como Virgilio al Dante
en las mansiones del horror perdido.[38]

★ ★ ★

¡Filósofo profeta! ¡Si te fuera
100 dado que retornases a la vida
y vieses ya cogida
la rica mies, cuya semilla acaso
sin esperanza derramaste al paso!
Hoy, lozana do quier, do quier florida,
se propaga la ciencia,
como tú la pensaste,
en el hecho fundada y la experiencia:
De base tan segura
surge el Conocimiento, lentamente,
110 como en el mar Pacífico está el diente
del pólipo creando
un nuevo continente.

Poco a poco, sus velos desgarrando
va la Naturaleza:
y cual el relojero
que fabrica el reloj pieza por pieza
para después organizarlo entero,
así dato con dato se eslabona,
y la cadena el pensador uniendo
120 especula y razona.

* * *

¡Si pudieras alzarte
y arrojar tu sudario
¡oh, genio del análisis! ¡Qué vario
y grandioso espectáculo mostrarte
lograra Europa!

El rayo aprisionado
por un hilo sutil veloz camina
mensajero del raudo pensamiento:
del buque en el costado
130 y del tren en el seno chispeante
enciérrase una fuerza misteriosa
por la cual ya ni el viento
ni la distancia teme el caminante:
el químico analiza
desde el breve infusorio y la flor bella,
hasta la brisa que las olas riza
y el resplandor de la remota estrella.
Con fuerzas de gigante
la inteligencia a la vivaz materia
140 sujeta y tiraniza,
y el hombre casi olvida su miseria.

* * *

De tanta y tan magnífica conquista
sólo escuchar la lista
quizás haga a tus huesos
oh Feijóo!, estremecerse de alegría
allá en la noche de la tumba fría!
Mas no eleves la frente,
no alteres tu reposo:
que si tiendes la vista
150 un siglo encontrarás inteligente...
¡pero no venturoso!

* * *

Jamás tu natural filosofía
trocó tu corazon en un desierto:
siempre guardó tu entendimiento claro
la llama de la fe, bendito faro
que te tornaba al puerto.
Hoy... ¿Como te diría
sin apenar tu espíritu sublime,
la fiebre y la locura
160 el hondo malestar y la amargura
en que este siglo gime?
Edad de transición, de sorda pena,
de lucha de encontrados intereses
y escéptico dolor, a su cadena
amarrada, cual nuevo Prometeo,
dudando hasta de Dios y de su alma,
ha perdido la calma
y le resta el deseo.
¡Mil veces sabio tú, que respetaste
170 del hombre la conciencia,
y que sin deshojar una creencia
asido de la mano, le guiaste
al templo de la ciencia!
¡Mil veces sabio tú! Cuando el misterio
profundo, inexplicable, de las cosas
abrumaba tu mente,
en extático anhelo
alzabas tus miradas hasta el cielo.
¡Sabio mil veces! El poder divino
180 lo explica todo al que la fe respeta.
Habla Feijóo... «¡La ciencia es el camino,
pero Dios es la meta!»

[1876]

9 *Notas bíblicas*

I

La fuente en el desierto[39]

Desfallece entre horribles congojas
el pueblo elegido
recordando los anchos pilones
del agua del Nilo.

Y el Anciano de ardiente mirada,
de rostro divino,
como un cetro la vara elevando,
ordénale al risco:
«Agua pura vomiten tus fauces
10 de helado granito,
que blasfema y la sed no soporta
el pueblo elegido.
Más que libre, con Dios y con patria
que dar a sus hijos,
quiere ser, con bebida y manjares,
esclavo en Egipto.»

II

Susana[40]

Ya la turba recoge en el sayo
el lodo y las piedras
que han de dar a Susana una tumba
20 de oprobio y vergüenza.
Pero un niño aparece. Oprimida,
no llores ni temas,
que de toda verdad es refugio
la santa inocencia.

III

La madre de los Macabeos[41]

Siete flores el árbol tenía,
y flor ya no tiene.
Siete fibras tenía mi alma,
rasgaron las siete.
¿Imaginas que tiemblo, tirano?
30 Prepara la muerte;
que en el tronco ya seco los golpes
del hacha no duelen.

IV

Absalón[42]

Sus hermosos cabellos las ramas
del árbol enredan,
y del pecho en mitad se divisa
la herida sangrienta.
En el hijo rebelde Dios hizo
justicia suprema:
victorioso y vengado su padre,
40 las barbas se mesa.
—¿Por qué crimen, Señor, a mi lado
te has puesto en la guerra?
¿Por qué crimen, Señor, he vencido?
¡Que nunca venciera!

El Heraldo Gallego, V, núm. 15, 15 de setiembre de 1877, 122-23

10 *El clavel artificial*[43]

I

Toda flor tiene historia
bella, dulce y fugaz como su vida.
Tú también, flor fingida,
tú, de Mayo remedo,
dentro del cáliz de pintada llama
guardas un hondo drama
¡que no puedo arrancar de la memoria,
que borrar del espíritu no puedo![44]

II

Érase el mes del año más sombrío,
10 en que crece del triste la tristeza
y se agrava del pobre la pobreza
con el rigor del frío.
Mas no por eso viéranse [*sic*] sin gente
las calles de Madrid, eterna feria;

que iban rápidamente
cruzando, como siempre, sin reposo,
a su espléndido hogar el poderoso
y el errante mendigo a su miseria.
Aquel mes de Diciembre...[45] Os aseguro
20 que se cuajaba el agua de la fuente.
Tenían de Cibeles los leones
en la tosca melena
agujas sutilísimas de hielo,
y sobre el turbio cielo
la diosa, tan serena,
medio desnuda, impávida se erguía,
que con ser de granito, daba pena.
Nadie andaba seguro
de la pronta y traidora pulmonía;
30 la nieve en los paseos se tendía;
y eran la chimenea,
el caliente y recóndito aposento,
la butaca profunda, el café puro
que del granizo al son se paladea,
el supremo contento—
contento algo egoista: no es dudoso;
mas ¿quién hay que no vea
que en medio de un invierno riguroso
tiene muchos secuaces Epicuro?

III

40 Entre sueño y vigilia suspendida
hallábame. Del sol un tibio rayo,
pálido como virgen sumergida
en profundo desmayo,
cruzando los cristales
recordaba a un jilguero
dentro colgada jaula prisionero
sus conciertos de amor primaverales.
Yo soñaba despierta:
cerrada la razón, la fantasía
50 y la pupila abierta,
imaginarias sendas recorría.
Olvidando el lugar, el tiempo, el modo,
me creí —¡qué capricho!— en primavera.
Un cielo azul y claro me cubría,

y bañaban el bosque y la ladera
oleadas de luz y de alegría:[46]
se renovaba todo;
y al aliento del aura,
vital palpitación con que restaura
60 Naturaleza[47] el páramo aterido,
hasta el peñasco inerte, estremecido
animarse quería.
De una gruta sombrosa,
que ciñe la tupida enredadera
con retorcido brazo,
vi una ninfa salir: hoja de rosa
su tez y su ropaje parecía,
y risueña y gozosa
mostraba en el regazo
70 un haz de lindas flores,
arco iris que junta los perfumes
a la escala de fúlgidos colores.

IV

¡Lástima que al saltar en la butaca,
por el cuadro geórgico movida,
no viese más que a Paca,
que no es ninfa habitante de vergeles,
sino una artesanita muy graciosa
que se gana la vida
vendiendo imitaciones de claveles!

V

80 —Hoy los traigo divinos,
lacre, rosa, amarillo y jaspeado:
¡qué matices tan finos!
Uno blanco... este aurora... ¡Si parece
que está recién cortado—!
Miréla al resplandor de los tizones
que al desmayado sol se combinaba,
y la dudosa claridad pintaba
el rostro de la joven clavelera
ya de rojo, cual brasa entre carbones,
90 ya de una palidez como la cera.

VI

Después tomó un clavel, y por el tallo
al descuido prendióle en su rodete
con una sola horquilla.
—¡Qué preciosos que están en grupo siete
debajo la mantilla—!
Yo no quise decirle que las flores
son un adorno bello
cuando van, naturales, sus colores
perdiendo lentamente en el cabello,
100 pero que no me agrada
ver parodiar a Mayo
con tela en un alambre sustentada.
Y ella, firme en su idea,
—La mantilla —me dijo— sin claveles
es triste, sosa y fea;
acaso por costumbre,
parece que le falta alguna cosa—.
Y yo le respondí, cual resolviendo
problema de importancia:
110 —Los claveles son ondas de la lumbre
de este sol que nos baña;
la mantilla es la noche misteriosa
que mitiga su rayo.
Claveles y mantillas hay en Francia,
pero sólo en España
hay quien gallardamente
entre la negra nube del encaje
prenda el clavel ardiente.

VII

—Pero sabed —continué sin duelo
120 de su orgullo extremado—
que a los claveles que produce el suelo,
clavel artificial nunca ha llegado.
Aquel matiz de fino terciopelo,
aquellas tintas encendidas, rojas,
aquellas frescas hojas
húmedas con el llanto del rocío,
aquel perfume penetrante, denso,
cordial como el aroma del incienso,
y que trastorna el corazón más frío...

130 aquello... Dios, Naturaleza, estío
por autores precisa—.
Ella me miró atónita y con pena,
mas luego, ya serena,
mostró con la sonrisa
piñones incrustados entre grana,
y —Parto —dijo— aprisa;
que a las abejas engañar prometo
con el clavel que os traeré mañana.

VIII

¡Mañana! Esta palabra maldecida
140 de «mañana» es un eje
sobre que va girando nuestra vida.
¿Quién hay que no se queje
del hoy, y en el mañana no confíe?
Pero el hoy al mañana se entreteje,
y el *hoy*[48] que frunce el ceño
es el mismo *mañana* que sonríe.
Yo aquella noche en sueño
pensé ver un inmenso canastillo
de claveles montados en alambre,
150 y entre el conjunto vario
uno que a todos eclipsaba en brillo;
y que de abejas afanoso enjambre
pugnaba por entrar a su nectario;
y a mi espíritu iluso
pareció que, el engaño descubierto,
con zumbido confuso
decían las abejas: «Está muerto.»

IX

Al lucir nuevamente el mediodía,
corrí, presa de afán inexplicable,
160 al piso miserable
en que Paca vivía.
Llamé; con el semblante demudado
me abrió la puerta un hombre;
sin preguntar mi nombre
me introdujo en la sala
donde damas de altísima nobleza

más de una vez de Paca a la pobreza
hicieron por claveles antesala.
Vi de pronto, a lo lejos,
170 entre sombras y luces y fulgores,
y entre cirios y tocas de colores,
a la florista yerta;
y oí, como zumbido,
una voz a mi oído
que murmuró: «Está muerta.»

X

Mi sangre quedó inerte
y mi respiración fue detenida,
que es un choque siniestro el de la vida
cuando encuentra a la muerte.
—¿De qué murió? —De una ambición insana
180 —el hombre respondió con voz oscura—.
Fabricando un clavel pasó la noche;
y al rayar la mañana,
habiendo su trabajo terminado,
acometióla un rápido delirio.
Gritaba: «¡Una colmena; yo he copiado!
¡Veréis como hay abeja que en el broche
de mi clavel se posa!»
Al decirlo, tenía calentura
y clamaba impaciente:
190 «Venga una mariposa,
porque los hombres no entendéis de flores.»
Así murió, guardando en su locura
el clavel en las manos apretado.

XI

Y en las descoloridas manos bellas
que cruzaba el cadáver tristemente
vi un divino clavel, resplandeciente
con gotas de rocío como estrellas.
Eran de llanto huellas;
y era la flor tan mágica y hermosa,
200 que pienso que afrentara a cuantas cría
la estación amorosa
por su forma, matiz y gallardía.

XII

¡Cogíla sin ser vista,
que al cabo mía era,
puesto que yo en la linda clavelera
supe encender la vocación de artista!

XIII

De entonces ¡cuántas veces,
cuando al zumbar su campesino idilio
van las abejas que cantó Virgilio[49]
210 por mi ventana entrando,
las veo, con profunda indiferencia
sobre el clavel de Paca revolando,
su cáliz desdeñar estéril, yerto,
como si murmurasen: «Está muerto»!
Por una y otra parte
así todos corremos con angustia
tras de encarnar el ideal del arte,
y solo conseguimos, como Paca,
fingir una flor mustia
220 cuya helada corola
no vive, no perfuma, no palpita...
¡Naturaleza vívida y bendita,
tú trabajas tus pasos recatando!
Es vano que, espiando
el hombre, con su clara inteligencia
te estudie, del deseo en las congojas:
¡que no alcanza su ciencia
a conseguir copiarte
ni de un clavel las hojas!
230 Pero tú, flor de trapo... Si en tus senos
no albergan los insectos sus amores,
a mi espíritu al menos
hablas más alto que las otras flores.

1877

Publicado en dos partes en *El Heraldo Gallego*, V, núm. 21, 25 de octubre de 1877, 170-71, y núm. 22, 30 de octubre de 1877, 177-78

11 *A Teodosio Vesteiro Torres* [50]

Aunque empañaron tu memoria al paso,
como el cristal de un vaso,
los fallos implacables de la gente,
y al verte zozobrar sin luz ni puerto
hoy te maldice muerto
quien vivo te olvidaba indiferente;

a las musas, que fueron tu tesoro,
el indignado coro
de universal reprobación no arredra:
10 antes bien la divina Poesía
a todos desafía
a que te arrojen la primera piedra.

No vendrán los poetas tus hermanos
a arrancar con sus manos
el lauro de tu frente ensangrentada,
que saben que tendrá la criatura
Juez allá en la altura,
a cuyos ojos no se esconde nada.

Dispensador del premio y del castigo,
20 de todo triste amigo,
de ese Dios se acogieron a los brazos
otras edades; y guardó el convento
entero el pensamiento,
si bien el corazón hecho pedazos.

Allí bálsamo hallaba toda herida,
objeto toda vida,
dirección todo errado caminante;
allí Jesús, para mostrar la senda
a aquel que no la entienda,
30 cargado con la cruz iba delante.

Mas hoy, ¿qué da la sociedad helada
al alma atribulada,
al talento profundo y solitario?
¡Fraternidad![51] ¡Con tu mayor desvelo
no encierras el consuelo
que una gota de sangre en el Calvario!

Dice este siglo en nombre de la ciencia:
«Luchad por la existencia;
el débil, el humilde, que sucumba.»
40 Cayó: y al ver el siglo sus despojos,
¡predica sin sonrojos
estóica moral sobre la tumba!

¡Silencio y oración! Grave es la muerte:
el más puro y más fuerte
más respeta el dolor, oscuro abismo;
y solo y descubriendo la cabeza,
ante la losa reza
que huella con desdén el egoísmo.

Coruña, 1877

12 *Junio*

¡Salud al árbol lozano,
que plantó de Dios la mano
para ser en la pradera
gala de la primavera
y riqueza del verano!

Almanaque humorístico de Galicia para 1878 (Establecimiento tipográfico de *La Propaganda Gallega*, Orense, 1877), p. 11

13 *La criada de Newton. Apólogo*[52]

Newton tuvo una criada,
inglesa rubia y sencilla,
que del telar a la hornilla
vivió siempre atareada:
mujer que con todo esmero
consagró la vida entera
a que Newton no saliera
sin peluca o sin sombrero.
Una noche el sabio grave,
10 en sus cálculos sumido,
buscaba esa ley que ha sido
de todas las leyes clave:

¡ley por la cual su profundo
genio se pudo jactar,
como Atlante, de llevar
sobre sus hombros el mundo![53]
Siguiendo el problema aquel,
absorta el alma y la mente,
la lámpara incautamente
20 puso cerca de un papel;
¡y la chispa desprendida
presto en llamas envolvió
las obras en que gastó
el sabio toda la vida!
Al fulgor que, deslumbrada,
ve pasar bajo la puerta,
la empuja de miedo muerta
la solícita criada;
y con rapidez febril,
30 sin lanzar ociosos gritos,
envolvió los manuscritos
en su mísero mandil.
Murió la naciente hoguera
con acción tan perentoria,
y Newton salvó su gloria,
sin sospecharlo siquiera;
pues ajeno a cuanto pasa,
no dejara su problema
si en aquel punto se quema,
40 en vez de un papel, la casa.
Sólo, sin alzar la frente,
Pronunció con acritud:
«¡Jenni, detente, detente!
¿Por qué me llevas la luz?»

* * *

En favor de la armonía,
Dios, que la vida dispuso,
la humilde práctica puso
cerca de la teoría.

Almanaque humorístico de Galicia para 1878, pp. 18-19

14 *La estación de las lluvias*

La estación de las lluvias ha nacido;
expiran los ardores del verano;
la atmósfera se envuelve en nubarrones;
todos los seres de placer temblaron.
Las grullas
con vuelo
pesado
el cielo
cruzaron.

10 La tierra, que regó la mansa lluvia,
de fresco musgo se alfombraba en tanto,
y estaban los linderos de los bosques
hirviendo de reptiles enlazados.
Revueltos
los ríos
bramando
sus bríos
soltaron.

Se arrojan, con concierto de chillidos,
20 del bosque que las aguas inundaron
las aves bellas, los vivaces monos,
los jabalíes, los silvestres pavos.
Las ranas
gozosas
con saltos
ruidosas
cantaron.

Esmaltan por doquier los riachuelos
y los puros cristales de los lagos
30 millares de nenúfares y lotos
fragantes y purpúreos y blancos.
Las cañas
redondas
brotaron,
las ondas
besando.

El cielo resplandece en su pureza
la lluvia abatió el polvo seco y árido,
y en la noche apacible los luceros
40 y las constelaciones chispearon.
La luna
ya llena
ha velado
serena
su rayo.

(Tomada del poema sánscrito *Mahabarata*. Del versículo 12.539 al 12.552)[54]

El Heraldo Gallego, VI, núm. 58, 25 de diciembre de 1878, 453. Se publicó también, sin variantes salvo corrección de dos errores de imprenta, en *La Aurora de Galicia. Almanaque literario para 1879* (Imprenta y Estereotipia de Vicente Abad, La Coruña, 1878), pp. 90-91

15 *Las horas*

En solemne procesión
conducen al panteón
al año viejo sin vida.
¡Y qué escolta tan lucida
que lleva! Las horas son.

Tú, de contornos süaves,
¿cuál eres? —Pues ¿no lo sabes?
¿No te lo dice mi encanto?
La del alba soy, que al canto
10 se despierta de las aves—.

Vosotras, a quien el sol
bañó en tostado arrebol,
¿sois...? —Las horas del trabajo;
y desde arriba hasta abajo
nos odia todo español—.

Y de ti, ¿puedo saber...?
—¡Que no me has de conocer!
De la dicha soy la hora—.
Sí, te recuerdo, traidora;
20 ¡bien corres! —¡Hasta más ver—!

Vosotras, que sin temor
os agrupáis en redor,
¿quiénes sois, horas austeras?
—Del hombre las compañeras:
las horas de su dolor—.

Vosotras, hueste que danza,
mensajeras de bonanza
que viste crespón fingido,
sois... (¡porque os he conocido!)
30 las horas de la esperanza.

¿Y las que escondéis la faz?
¡Dadme sólo, por piedad,
de vuestro nombre noticia!
—La hora de la justicia—.
—La hora de la verdad—.

¡Llegasteis tarde! —Un amaño
del ciego destino extraño
nos detuvo en el camino...
y al fin... ¡cosas del destino!...
40 ¡no cupimos en el año!

La Aurora de Galicia. Almanaque literario para 1879, pp. 118-19. Se publicó también, sin variantes, en *El Diario de Lugo*, 22 de enero de 1882

16 *A la Caridad. Oda*

Escuchad al Apóstol de la gente,[55]
cuya voz convincente
al pueblo de Corinto así decía:
«Sabed que los tesoros de la ciencia,
la brillante elocuencia
y el envidiable don de profecía,

«la fe que nos conduce al heroísmo,
el sacrificio mismo
de nuestra vida a la verdad sagrada:
10 no habiendo Caridad, son eco vano,
humo y polvo liviano;
no habiendo Caridad, no valen nada.

«Aunque yo conociese cuanto cierra
la dilatada tierra,
con el mar y el sublime firmamento;
aunque un ángel morase en esta boca:
si Caridad no invoca,
vacío y sin poder será mi acento.»

Y entre el silencio prosiguió San Pablo:
20 «Mas esta de que os hablo
Caridad que el espíritu renueva,
marcha dulce, benigna y silenciosa,
sin que mira ambiciosa,
ni egoísta propósito la mueva.

«No con soberbia ostentación publica
las obras que practica
en la santa eficacia de su celo;
ni busca recompensa o vanagloria;
que su laurel de gloria
30 no crece con vigor sino en el cielo.»

¡Oh más que el sol resplandeciente y bello!
¡Oh del amor estrella,
Caridad inefable y bendecida!
Así te quiere Dios, muda y secreta,
cual dulce vïoleta
del bosque en los linderos escondida.

Pero también con su fragancia pura
la humilde flor satura
del espacio las anchas extensiones;
40 y así la Caridad, cuando es profunda,
completamente inunda
el ámbito de nuestros corazones.

Como lámpara eterna, brilladora,
ni un punto, ni una hora
la verdadera Caridad desmaya,
que aunque el peligro de la guerra crece,
serena permanece
vigilando en su puesto la atalaya.

Si tal vez, por azar, sólo un momento
50 fijando el pensamiento
en la penosa condición del pobre,
por darle algún alivio nos juntamos
y fiestas celebramos...
ésta será la Caridad de cobre;

mas aquel que conserve mientras viva
un alma compasiva
y blanda de los míseros al lloro;
aquel que al infortunio lleve abierta
del corazón la puerta...
60 ese tendrá la Caridad de oro.

Ese tendrá la Caridad ardiente,
enérgica y paciente,
vestida de inmutable fortaleza;
ese al Maestro seguirá divino,
que al triste mundo vino
sin tener do repose la cabeza.

Que el hambre y el dolor y los pesares
no habitan los hogares
tan solamente un señalado día;
70 sin cesar se derrama llanto amargo,
porque el año es muy largo,
la miseria más larga todavía.

Ni es del todo benéfico y piadoso
aquel que generoso
la suplicada dádiva no niega,
sino quien, visitando al pordiosero,
a su don de dinero
otro de amor y lágrimas agrega;

aquel que al ignorante da enseñanza
80 y al doliente esperanza,
santo cordial al ánimo marchito;
aquel que no se aparta de su hermano,
aunque tenga la mano
manchada del estigma del delito.

¿Quién de tanta virtud tiene la llave?
¿Quién enseñarnos sabe
tan humilde y magnífico heroísmo?
¡Aquel que dijo, al redimir al hombre:
«Desde hoy más, en mi nombre,
90 al prójimo amarás como a ti mismo»!

Porque la noble Caridad cristiana,
de todo bien hermana,
habita donde habita el desvalido;
la Caridad que nace del acaso
es cual ave de paso,
que no acierta a labrar el casto nido.

En vano inquiere fórmulas sociales
por minorar sus males
la humana afligidísima familia;
100 que al cabo de sus largos desamores
y luchas y rencores,
sólo al pie de la Cruz se reconcilia.

(Imprenta de Puga, La Coruña, 1878)[56]

17 *Setiembre. El racimo de uvas*

El oscuro racimo, pendiente
del tallo nudoso,
quiere en vano ocultar su dulzura
bajo el verde toldo.

Gorrïones parleros y avispas
y tábanos roncos
de sus granos de púrpura beben
el zumo de oro.

¡Oh feliz, si a las aves del cielo
10 cediese tan solo
aquel néctar süave, encerrado
en túrgido globo!

Mas vendrán los patanes y mozas
y en lagares hondos
con los pies forzaránle a que suelte
sus jugos a chorro.

* * *

Y más tarde, entre paz y silencio
y en el negro fondo
del tonel, será el muerto racimo
20 licor generoso.

El Diario de Lugo, 21 de setiembre de 1879.
Se publicó también, sin variantes, en *El Heraldo Gallego*, VII, núm. 51, 30 de setiembre de 1879, 376-77

18 *Las castañas. Octubre*

Gime el viento en las montañas;
de las míseras cabañas
el techo pajizo humea;
y los niños de la aldea
están asando castañas.

Ninguno a chistar se atreve.
De hoja seca y musgo leve,
sobre la crujiente alfombra,
del bosque en la espesa sombra
10 chispea la hoguera breve.

¡Breve también fue el contento!
Era de un viejo avariento
la oscura fruta sabrosa,
y dio a la turba gozosa
con el báculo escarmiento.

La hoguera ya moribunda
en la soledad profunda
despide rauda centella,
y a veces fugaz destella
20 y de luz el bosque inunda.

Y las saltonas castañas
fingen mil formas extrañas
al pálido resplandor,
y estallando de calor,
se descubren sus entrañas.

En la noche de aquel día
más de un niño que dormía
vio sus castañas ansiadas
solas y carbonizadas
30 allá en la selva sombría.

El Diario de Lugo, 12 de octubre de 1879. Se publicó también, sin variantes, en *El Heraldo Gallego*, VII, núm. 54, 15 de octubre de 1879, 403

19 *El día de difuntos. Noviembre*

Vïuda linda y lozana,
la yerba del Campo-Santo
regaste por la mañana
con llanto.

Por la tarde, a tu cancilla
se arrimó gallardo mozo,
y le escuchaste sencilla
con gozo.

A la noche, mientras zumba
10 el aire lúgubre y quedo,
pensaste en aquella tumba
con miedo.

Y cuando el sol se despierta,
te halló la gente tendida
en el umbral de tu puerta
sin vida.

El Diario de Lugo, 16 de noviembre de 1879

20 *Noche-Buena. Diciembre*

Todos en la casa lloran
cabe un ataúd pequeño
en que, sobre flores blancas,
de un pálido niño tendido está el cuerpo.

Fuera, se escuchan alegres
los cánticos e instrumentos,
y con júbilo profundo
de Dios la venida celebran los pueblos.

Hasta en el oscuro establo
10 gozosos muerden el heno
mula y buey, porque recuerdan
que a Cristo prestaron calor con su aliento.

Y los ángeles, cantando
en las alturas laus Deo,
baten palmas y se ríen,
porque de la tierra llegó un compañero.

El Diario de Lugo, 21 de diciembre de 1879. También, sin variantes, en *El Heraldo Gallego*, VII, núm. 68, 25 de diciembre de 1879, 513[57]

21 *Himno a las Artes*

I

¡Oh del genio hijas libres y hermosas,
nobles Artes! ¡Oh coro sublime,
que en las mentes humanas imprime
de lo bello el purísimo amor!
Las regiones cruzad luminosas
do moráis, y batiendo las alas,
ostentad vuestras mágicas galas:
nota, imagen, estrofa, color.

II

Con raudo vuelo
10 desde alta esfera
venid al suelo
que ya os espera
para animarse,
para vivir;
que vuestra llama,
si al orbe toca,
todo lo inflama,
y hasta la roca
se ve agitarse,
20 se ve latir.

III

Te invocamos, divina Hermosura,
lengua ardiente de amor, Poesía,
y a ti, dulce y sagrada Armonía,
que las fieras un tiempo amansó.
Y contigo que el alma natura
inmortal en el lienzo has fijado,
llega tú que [en] el mármol helado
vida eterna tu soplo infundió.

IV

Como de inerte
30 caos profundo
hizo el Dios fuerte
surgir el mundo
de una palabra
con la virtud,
el Arte crea,
muda y transforma,
dando a la idea
cuerpo en la forma,
y ¡mundos labra
40 de gloria y luz!

El Diario de Lugo, 14 de febrero
de 1880[58]

22 *La máscara. Febrero*

Dime, máscara hechicera,
que cruzando vas ligera
los salones,
¿qué se esconde en tu mirada
que así atiza, descuidada,
mis pasiones?

¡Un wals... una vuelta sola!
Nos arrastra ya la ola
del gentío.
10 ¿Por qué amante no se agita
este pecho que palpita
junto al mío?

¿No respondes? ¡Yo te adoro!
¡Esta música... ese coro
de alegría!
¿No resuenan en tu pecho?
¡Esta mano que yo estrecho
siento fría!

¡Qué silencio tan helado!
20 ¡Saber quiero tu pasado,
tu secreto!
¡Tu antifaz, por Dios, levanta!
¡Ah... por fin! ¡Una garganta
de esqueleto!

El Diario de Lugo, 15 de febrero de 1880[59]

23 *Canto a Zorrilla*

I

Reúnase conmigo todo poeta hispano,
y junte a mis canciones su plácido cantar;
venid, y saludemos al vate castellano.
Si aún la lira suena pulsada por su mano,
si aún conmueve el alma con estro soberano,
ya casi es un recuerdo, ya casi es un anciano;
si el lauro que le ciñe osténtase lozano,
si viva está su gloria, su pelo está ya cano:
Zorrilla, cual su siglo, del fin se ve cercano.
10 ¡Salud al sol radiante, tan próximo a expirar!

II

¿Dónde nació Zorrilla?
En esta tierra hermosa
a quien da fe su historia, su sol ardiente luz,
los godos sangre pura y altiva y generosa,
el árabe indolente su calma perezosa,
su virgen fantasía que brilla y que rebosa;

tierra mitad sultana, mitad reina orgullosa,
que hierro da en el monte y en el vergel la rosa,
y lleva, por trofeo y enseña victoriosa,
al pie la media luna, y al corazón la cruz.

III

20 ¿Cómo nació Zorrilla?
Con alas y cantando,
cual vive el melodioso nocturno ruiseñor.
La fuente que apacible se escurre murmurando;
el céfiro süave que juguetón y blando
agita la floresta, las ramas columpiando;
el mar que embiste y cae, las rocas azotando;
los ecos y las voces que el mundo va exhalando—
el alma de Zorrilla recoge, transformando
el son en armonía, y en música el rumor.

IV

¿De qué cantó Zorrilla?
Las místicas consejas
30 que en la niñez solemos temblantes escuchar;
las glorias ya perdidas, las tradiciones viejas
que el polvo de los siglos comienza a sepultar;
el claustro donde gime tras las mohosas rejas
la tórtola enjaulada que anhela por volar,
la joven seducida cuyas amargas quejas
el Cristo milagroso desciende a confirmar;
el mustio farolillo de lumbre mortecina
que oscila en la penumbra de solitario altar;
el venturoso amante que la guitarra afina,
40 la dulce serenata nocturna al preludiar;
el agraviado padre que fiero se encamina,
al puño la tizona, la calle a despejar;
la riña que se traba, la luna que ilumina
el duelo encarnizado, la ronda ya vecina,
el ¡ay! del moribundo, la puerta que rechina,
y la mujer hermosa que sale y que se inclina
y, en lágrimas bañada la triste faz divina,
la sangre con sus besos pretende restañar...

★ ★ ★

Las perlas en collares, tallados los rubíes,
50 los claros dïamantes do el sol se mira arder,
los mágicos carbunclos de luces carmesíes;
las rosas perfumadas, los bellos alelíes
que nacen en las vegas floridas granadíes;
el mundo deleitoso do moran las huríes
que brindan paraísos de dicha y de placer...

V

Mezclando de dos razas las ricas facultades,
de pueblos enemigos fundiendo el ideal,
atando en nudo de oro ficciones con verdades,
así cantó Zorrilla, poeta sin igual.
60 Y cual sigue a la noche radiante la mañana
y al caluroso estío la nieve boreal,
su dulce poesía, ya mora, ya cristiana,
con modos diferentes alterna y se engalana:
la kásida morisca,[60] la trova castellana,
la guzla del Oriente,[61] el arpa occidental;
el arco de herradura del árabe ventana,
la curva soñadora del pórtico ojival;
el baño en que su cuerpo perfuma la sultana,
de cándida novicia el torreón claustral;
70 la fe de Jesucristo, la ley mahometana,
la espléndida mezquita, la santa catedral.

VI

Yo un tiempo a Zorrilla con fiebre leía.
Duraba mi infancia feliz todavía;
apenas mi mente sus alas abría,
gentil mariposa que mayo crió;
mas ya las regiones de luz que veía,
cruzar anhelaba la audaz fantasía;
leyendo al poeta, mi pecho latía;
mi espíritu todo su fuego abrasó.
80 —¿Qué fue del poeta —yo a solas decía—
que así con su musa despierta la mía?;
¿que así de la mano me lleva y me guía
a esferas de gloria que el alma soñó?—

Y allá en lontananza su acento se oía:
remoto, apagado, de lejos venía,
la brisa en sus alas el eco traía;
y entonces de nuevo mi voz preguntó:

VII

—¿Por qué ya en Europa
Zorrilla no está?[62]

* * *

90 De un buque en la popa
que a América va,
hendiendo las olas
partió, las riberas dejando españolas,
y ausente, la patria recuerda quizá.
Sediento de aplausos, de gloria sediento,
por Méjico un día su tierra dejó,
y bajo aquel limpio y azul firmamento
un regio infortunio y un drama sangriento
cual lívido rayo su vida cruzó.

VIII

100 Que en bellas regiones,
en tierras de sol,
do savia reparte
fecundo el calor,
do nunca la nieve
ni el cierzo tronchó
el cáliz balsámico
de espléndida flor,
do reina constante
benigna estación
110 y frutos opimos
la tierra rindió,
hay luchas impías
y amargo rencor
y fieros verdugos
y negra ambición,
y brilla el acero
y el plomo silbó,
y ¡queman las lágrimas
y mata el dolor!...[63]

IX

120 ¡Olvide [*sic*] el poeta memorias de duelo!
Cual ave que al nido dirige su vuelo,
surcó nuevamente el atlántico mar,
y ver anhelando la luz de este cielo
y hollar el nativo magnánimo suelo,
tornóse a su patria, tornóse a su hogar.

★ ★ ★

Y entonces mi musa lozana y novel
con estro naciente su vuelta cantó:
mis versos de niña llegaron a él,
mas nunca sus ojos en ellos fijó.
130 ¿Qué sirve a Zorrilla cantar como aquél?
Bien hizo si quiso no oír mi cantar,
que quien a montones cosecha laurel,
los lirios silvestres no debe segar.

X

Los días no en balde pasaron por mí.
Distintos países y climas crucé;
de Europa las vastas naciones corrí,
el arte buscando, guardando la fe.
Los grandes poetas del mundo leí,
y si antes sintiera, con ellos pensé;
140 mas nunca a Zorrilla ingrata olvidé,
que todos mis sueños quedaban aquí,
y aunque conozco no soy lo que fui,
jamás he dejado de amar lo que fue.

XI

¡Lo que fue! Corren los años
lejos de la hispana orilla
para el poeta Zorrilla,
y este siglo, al avanzar,
arroja el romanticismo,
como después de la orgía
150 suele la copa vacía
el libertino arrojar.

¡Sí, noble vate! Entre tanto
que de tu España te alejas,
la misma patria que dejas
ya no encuentras al volver,
porque mientras descuidados
pasamos indiferentes,
son los arroyos torrentes,
mares los ríos de ayer.
160 Ayer fue tu rica vena
y fue tu lozana mente
y tu fantasía ardiente
molde que el arte encerró;
y hoy el siglo en su proceso
con brusca, impaciente mano
aquel molde soberano
en mil pedazos rompió.
Hoy ya no es tuya la idea
que sirve al arte de norma,
170 ni es ya tu forma la forma
que los artistas le dan;
porque tú cantaste a un siglo
que vívido despertaba,
y hoy ese siglo se acaba
entre terrores y afán.
Cada vez con más negrura
el horizonte se cierra;
vense las razas en guerra
cuerpo a cuerpo combatir,
180 tiembla el social edificio,
sorda ruge la anarquía,
y ya el siglo en su agonía
se tiende para morir.
Y entre el vaivén agitado
de la edad presente inquieta
morar no puede el poeta
solo en su esfera ideal,
que ha menester hoy el mundo,
para alzarse vigoroso,
190 del látigo impetuoso
de Tirteo y Juvenal.[64]
¡Trovador, tu laúd deja,
tu guzla, rawí,[65] no afines;
séquense ya los jazmines
que enraman el ajimez!

¿Quién piensa en dulces cantares
ni en serenatas de amores?
No cisnes ni ruiseñores:
brïosas águilas sed.
200 Mago o músico süave
no queremos al poeta:
pedimos robusto atleta
siempre dispuesto a luchar.
¡Ay de aquel que, oyendo el grito
de la batalla sangrienta,
ociosamente se sienta
en el jardín a cantar!

★ ★ ★

Que tiene el poeta oficio mejor,
que no es pajarillo que hechiza al trinar,
210 ni sólo de blandas canciones de amor
el tono en su plectro se debe escuchar.
El mundo padece, calmad su dolor;
si duda, lo cierto sabedle mostrar;
si fría es su alma, prestadle calor;
si a Dios ya no ruega, movedle a rogar.

XII

¡Venturoso aquel poeta
que no en doctas reuniones
ni en los dorados salones
oye su nombre aclamar,
220 sino que al sencillo enseña
y al vulgo y al pobre encanta
y para los pueblos canta
y es poeta popular!
¡Poeta a todos tan caro,
poeta a quien leen todos,
que sabe por varios modos
el ánimo conmover,
y así penetra del sabio
en el sereno retiro,
230 como interpreta el suspiro
del alma de la mujer!

Tal de Zorrilla, decoro
y prez de la patria mía,
ayer el nombre corría
con ecos de bendición:
puede el tiempo hacer mudanza
en las cosas y los hombres,
¡mas no borrará los nombres
que llenan el corazón!

Coruña, Marzo 17, 1880

Revista de Galicia, núm. 4,
25 de marzo de 1880, 33-36[66]

24 *Lectura de 'Os Lusiadas'. A orillas del Tajo*

Doraba el sol al declinar la tarde
las torres de Lisboa,
y esplendían del Tajo, como fuego,
las aguas tembladoras.
Pensativa crucé por la ribera—
pensativa, no sola;
conmigo iba el poeta que invocara
sus náyades hermosas;
el que, al hendir los mares del Oriente
10 con atrevida proa,
fue Colón del espíritu, y un mundo
nos lega en sus estrofas.
¡Cómo inflamaban los divinos versos
mi fantasía loca!
¡De la epopeya la sublime musa,
cómo cantó sonora!
Pensé ver en galeras lusitanas
hervir las sacras ondas,
y brillar, del poniente en los reflejos,
20 el numen de la gloria.

Revista de Galicia, núm. 6,
11 de abril de 1880, 164

25 *La rosa. Mayo*

—¿A quién llevas, niña mía,
cuando apenas raya el día,
esa rosa? —¿No lo ves?
Toda rosa, en este mes,
es de la Virgen María.

—Dámela. —No ha de brillar
sino puesta en el altar.
—Mi pasión la solicita.
—Tomadla, Virgen bendita,
10 que a vos sola la he de dar.

—¡Rapazuela desdeñosa!
Pues me acoges orgullosa,
juro que nunca en mi vida
podrá ser mi prometida
sino quien me dé esta rosa.

¡Suceso admirable y nuevo!
Casi a narrar no me atrevo
que al juramento liviano
la Virgen tendió la mano
20 y dio la rosa al mancebo.

Años después, en olor
de santo y en grande honor
del pueblo, un monje moría,
y al expirar oprimía
en sus labios una flor.

El Diario de Lugo, 9 de mayo de 1880

26 *El pescador. Julio*

Va a bajar el sencillo pescador pobre
a los negros abismos del mar salobre,
en busca de mariscos que allá en la villa
venderá palpitantes en su cestilla.

De las olas dormidas entre el sosiego
tendía el sol poniente cintas de fuego,
y las profundas aguas, que resplandecen,
al abrasado cuerpo frescor ofrecen.

El pescador, de pronto, se hundió en el seno
10 del azul y brillante cristal sereno,
y vio al fondo corales, nácar y perlas,
y la diestra alargando, probó a cogerlas.

En vez de algas que cubren la dura roca
de mujer un rizado cabello toca,
y ve formas süaves que se deslizan,
y pupilas verdosas que magnetizan.

Yo no sé si serían acaso antojos
del pescador las luces de aquellos ojos,
ni sé si de perlas sacó algún fruto;
20 sé solo que su madre vistió de luto.

El Diario de Lugo, 25 de julio de 1880

27 *Gatuta, El Billetero*

Con más de un dedo de mugre,
y vestido de remiendos,
oro y fortuna en la calle
a cuantos pasan ofrezco.
«¡El billete! ¿Quién lo compra?
¡Aquí la feltuna[67] llevo!»
grito con voz destemplada,
muy tartajoso el acento.
Me arrojan una moneda,
10 recogen el blanco décimo,
se acuestan, y al otro día
la Suerte que me debieron
llega y coloca en sus manos
algunos miles de pesos...
Y yo sigo por la calle
con mi mugre y mis remiendos,
tomando el sol en verano
y la lluvia en invierno,
y en toda estación gritando:
20 «¡Aquí la feltuna llevo!»
Nací en mitad del arroyo
por casual contratiempo,
y ni sé por qué nací
ni para qué me nutrieron.

Fue mi cuna el empedrado,
mi escuela el vagabundeo,
la Naturaleza mi madre,
la bóveda azul mi techo.
El instinto me empujaba;
30 gané mi pan tosco y negro,
y bebí, que es grande abrigo
el alcohol para el cuerpo.
Y así, descuidado y libre,
aunque no vivo, vegeto,
el espíritu en tinieblas,
en sombra el entendimiento,
gritando por todas partes:
«¡Aquí la feltuna llevo!»

De le escala de los hombres
40 en el peldaño postrero,
en capa socïal última,
ocupo mi humilde puesto.
Dicen que enormes conquistas
hoy cumple el humano genio,
y que cura la miseria
con bálsamo de progreso;
que no hay parias en Europa;
que aumentaron los derechos;
que hay escuelas y placeres
50 y espectáculos soberbios,
y hasta ley que me autoriza
a sentarme en el Congreso...
Mas yo sé que, doblegado
de dura labor al remo,
sin sudores no consigo
el maná de mi sustento;
que me empujan si me arrimo;
que no como cuando huelgo;
que si empino más del codo,
60 a la cárcel voy derecho;
y si en mísera bohardilla
no invocase, cuando enfermo,
caridad que me socorra,
me moriré como un perro.
Suban reyes, bajen reyes,
entren pueblos, salgan pueblos,
no ha de hacer el hombre grande,
a quien hizo Dios pequeño:

y yo soy tan chiquitito,
70 cual gusano, cual insecto,
cual átomo de polvo
en el vértice del viento.

Diz que en una casa grande,
a que llaman el Museo,
en Madrid hay los retratos
de unos tristes pordioseros,
mendigos de rota capa
muy astrosos y muy viejos,
como yo, pobres de sopa,
80 con mugre de más de un dedo,
idiotas, bobos solemnes,
risibles enanos, feos,
filósofos de plazuela,
ostentando sus remiendos...
La gente absorta mira,
los mira con embeleso,
y de admiración un grito
escápase de su pecho;
y sus ojos y su alma,
90 más que el Apolo más bello,
cautiva la fiel imagen
de los tristes pordioseros...
Si da el arte eterna vida,
acaso, burlando el tiempo,
viva por siempre en las hojas
de este libro el Billetero.

Menestra de tipos populares de Galicia copiados al natural por Federico Guiasola, salpimentada por varios distinguidos escritores del país (La Guirnalda, Madrid, s.f. [1881])[68]

28 *Playa del Cantábrico*

¡Una playa! Ceñida de peña oscura,
tan blanca y apacible su frente asoma
cual suele, de los muros por la hendidura,
la cándida cabeza de la paloma.
Las algas que tapizan estas arenas,
las conchillas de nácar aquí en montones,
recuerdan el cabello de las Sirenas,
la aguda caracola de los Tritones.

Parecen los escollos, que en sus confines
10 ven irritada y fiera crecer la ola,
el lomo curvo y fuerte de los delfines
al azotar el agua su hendida cola.
La nube que a lo lejos vaga y ondea
allá en el horizonte del oleaje,
es el desnudo torso de Galatea[69]
y los flotantes paños de su ropaje;
y la ligera espuma que en la rompiente
sus líquidos encajes labra y destroza,
finge tal vez, subiendo del mar hirviente,
20 los marinos corceles de su carroza.

Cuando alumbra del alba luz indecisa
en ópalo los mares tornasolados;
cuando de la mañana la fresca brisa
deja en las ondas besos enamorados:
tal vez en esta playa, la huella airosa
en la arena estampando de sus pies bellos,
aparece Afrodita, gentil y hermosa,
velada solamente por sus cabellos.
Los tornátiles brazos alza a la frente,
30 tuerce un punto los blondos bucles divinos,
y una lluvia de gotas resplandeciente
resbala por sus miembros alabastrinos.
Las gotas escurriendo van a las olas,
que ansiosas se entreabren para beberlas,
y allá en sus senos hondos cuajando solas,
las irisadas gotas se vuelven perlas...

¡Nunca, risueña Venus, aquí surgiste;
jamás se concibieron griegas ficciones
en donde la resaca, gimiendo triste,
40 arrulla el sueño oscuro de los peñones!

Diciembre 1880

La Ilustración Gallega y Asturiana, III (1881), 4. También en *El Diario de Lugo*, 24 de junio de 1883, y Leandro de Saralegui, *Galicia y sus poétas, poesías escogidas de autores gallegos contemporáneos* (Ferrol, 1886)[70]

29 *De flor en flor*

De flor en flor, cual céfiro travieso,
va el niño en su candor,
y deposita un inocente beso
de flor en flor.

De flor en flor, cual mariposa leve,
va el mozo soñador,
y sus primeras ilusiones bebe
de flor en flor.

De flor en flor, cual codiciosa abeja,
10 va el hombre con su amor,
y agravio y mancha y amarguras deja
de flor en flor.

De flor en flor, con incesante alarde,
va el viejo seductor,
y le gritan mofándose: «¡Ya es tarde!»
de flor en flor.

El Diario de Lugo, 6 de marzo de 1881

30 *La bahía*

En la planicie azul de la bahía
la luz de los faroles cabrillea;
lago de plata el móvil oleaje,
negro abismo la sombra de las peñas;
y una lancha airosa,
rápida y esbelta,
no boga, que corre,
no corre, que vuela,
llevada al süave compás de los remos
10 y al trémulo empuje de las blancas velas,
orlando su proa de chispas de lumbre
de las tibias aguas la fosforescencia.

Hacia el muelle de hierro, que atrevido
de la bahía al corazón penetra
cual dedo audaz que señalase el rumbo
a las regiones de la mar inmensa,
camina la lancha
como una saeta,

y a mí me parece,
20 de lejos al verla,
llevada al süave compás de los remos
y al trémulo empuje de las blancas velas,
sobre el Océano plácido y tranquilo,
con dos alas blancas, gavïota negra.

La Ilustración Gallega y Asturiana, III (1881), 245

31 *Por la senda de la gloria*

El que va:
¡Alienta, corazón, que falta poco!
Algunos pasos más
y llegaré; ya miro no lejana
la cima descollar.
¡Ea, cansados pies, el duro guijo
que os hiere no sintáis!
Si aquí el dolor, allí la recompensa
dulcísima, inmortal.

10 El que vuelve:
Compañero tan joven y animoso,
¿adónde, adónde vas?

El que va:
A la cumbre del monte, donde brilla
celeste claridad.

El que vuelve:
No sigas, que la luz que te conduce
y mueve a caminar
no es del sol el purísimo destello:
20 es llama de volcán.

El que va:
¿Y ese templo de mármol, que diviso
radiante, más allá?

El que vuelve:
Es de nieve una cresta solitaria,
un páramo glacial.

El que va:
¿Y ese oasis de verdes arboledas
que infunde al alma paz?

30 El que vuelve:
Bosque de pinos de salvaje copa
do zumba el huracán.
Aún es tiempo; no sigas, infelice,
detente, vuelve atrás;
mira mis ojos, que abrasó mi llanto,
y mi marchita faz.
¿No me escuchas? ¿Prosigues el camino
con redoblado afán?

El que va:
40 Podré morir al borde del sendero:
retroceder, jamás.

El Diario de Lugo, 21 de enero de 1883

32 *Un recuerdo. A Andrés Muruáis*[71]

Dirá el mundo: «Cumplida ya la suerte,
inútil es llorar.
Todos por esa calle de la muerte
tenemos que pasar.»
Mundo, escucha. Su frente de poeta
doraba la ilusión:
acaso sed de gloria, sed inquieta,
quemó su corazón.
Como Chénier,[72] el vate peregrino,
10 ¡quién sabe si al morir
a la tumba se lleva algo divino
que no alcanzó a decir!
Cercan las Musas el sepulcro abierto,
se inclinan hacia él
y murmuran: «¡Quizás!...», y sobre el muerto
deshojan un laurel.

Coruña, 1883

Corona Fúnebre a la memoria del llorado poeta gallego, Andrés Muruáis (Imp. de J. Millán, Pontevedra, 1883), p. 5

33 *Soneto*

Considera que en humo se convierte
el dulce bien de tu mayor contento,
y apenas vive un rápido momento
la gloria humana y el placer más fuerte.
Tal es del hombre el inmutable suerte:
nunca saciar su ansioso pensamiento,
y al precio de su afán y su tormento
adquirir el descanso de la muerte.
La muerte, triste, pálida y divina,
10 al fin de nuestros años nos espera
como al esposo infiel la fiel esposa;
y al rayo de la fe que la ilumina,
cuanto al malvado se aparece austera,
al varón justo se presenta hermosa.

La Ilustración (Barcelona), Año III,
núm. 114, 7 de enero de 1883, 102

34 *Soneto*

Eleva el corazón, pronto en la cumbre,
más alto que los picos de la sierra,
más alto que los montes de la tierra,
para que nada terrenal vislumbre.
Súbelo allí do el esplendor alumbre
de eterno luminar que, siempre en guerra
con la lóbrega noche, la destierra,
vertiendo a mares infinita lumbre.
¡Asciende más y más! La excelsa altura
10 lejos está; desmayas fatigado;
sudores de agonía hay en tu frente...
¡Un esfuerzo! De luz y de hermosura
piélago inmenso, nunca limitado,
se ofrece a tus miradas de repente.

La Ilustración (Barcelona), Año III,
núm. 117, 28 de enero de 1883, 126-27

35 Evolución de la rosa: Soneto

Por tierra de unidad y de armonia
la vieja Grecia se preció de hermosa:
símbolo de belleza fué la rosa;
Venus entre sus rizos la prendia.
Duraba su esplendor tan solo un dia;
era pomo de esencia deliciosa;
y, borracha, la alegre mariposa
en el caliz de fuego se dormia.
Vienen la Edad moderna y los Linneos;
10 llega el floricultor, y en variedades
la rosa dividió, como en casillas....
¡Venus y Anacreonte, estremeceos!
¡Cantores del Amor! ¡Muertas deidades!
¡Hay rosas negras, verdes y amarillas!

Manuscrito ológrafo, sin fecha,
Archivo Histórico del C.S.I.C.,
Madrid, diversos, núm. 1.557[73]

36 *'Las mieses maduras, el heno cortado'*

Las mieses maduras, el heno cortado;
las hojas de otoño cayendo del árbol;
la blonda madeja confusa del cáñamo;
las hebras de oro que el dïurno astro
sobre el mar tranquilo desata jugando...
Así son tus cabellos hermosos:
tan rubios y rizos, tan dulces y largos,
que ni el aura indiscreta, que ansía
robar su perfume, se atreve a besarlos.

10 La lograda mora y el jacinto sáfico;
de tupida yedra corimbo gallardo;
el remoto lecho de profundo lago;
de la augusta noche tenebroso el manto;
del siniestro abismo el fondo callado...
Así tiene mi suerte maldita
color tan sombrío, tan negro y extraño,
que no basta a alumbrar su tristeza
la luz que despiden tus rizos dorados.

Leandro Saralegui, *Galicia y sus poetas*
(1886)[74]

37 *'Venus cruel, divina y vencedora'*

Venus cruel, divina y vencedora,
mira a Calice, la infeliz doncella.[75]
Fue su delito amar; y el insensible
a quien amó, la despreció riendo.
Ante tus aras, Madre de la vida,
Calice se postró; tórtolas nuevas
y corderillos tiernos ofrecióte.
Nada logró; que tú también, oh blanca,
pisas el corazón con pie de hierro.
10 Y Calice, una tarde (cuando Apolo
su disco de oro y luz sobre las aguas
reclina para hundirse lentamente),
sola avanzó hasta el seno misterioso
del azulado piélago dormido.
Abriéronse las ondas, y tragaron
el cuerpo de la virgen. ¡Oh doncellas
de Licia![76] ¡Traed rosas! ¡Traed rosas!
No lloréis, que Calice ya no sufre.

La Quimera (1905)[77]

Notas a las poesías

El Castillo de la Fada

1. Impreso por primera vez en Vigo en 1866. Véanse nuestra Introducción, p. viii, y p. xvi, nota 4. El cuento 'El peregrino', publicado en *Nuevo Teatro Crítico*, núm. 12, diciembre 1891, y recogido en *Cuentos sacroprofanos* (1899), se basa como este poema en una leyenda tradicional que trata de dos hermanos, uno de los cuales mata al otro por un malentendido respecto a una mujer. En ambos casos se nota la reminiscencia de la historia bíblica de Caín y Abel.

2. El texto original: acendrado; (puntuación normal al final del cuarteto cuando no sigue una nueva frase con mayúscula).

3. Verso insertado por mano de doña Emilia en el ejemplar de este poema que se encuentra en la Fundación Penzol, Vigo.

4. En el mismo ejemplar la palabra 'boca' ha sido tachada y sustituida por 'garganta', evidentemente por razones métricas. Del mismo modo 'oprimido' ha sido sustituido por 'oprimida'.

5. Es decir, bailaban con rara armonía y con música de extraño sonar.

6. Otra versión de la Danza Macabra aparece en una de las últimas obras de doña Emilia, *La sirena negra* (1908), capítulo 5.

7. Hemos suplido la palabra 'a' embebida al principio de este verso.

Álbum de poesías

1. Salustiano Olózaga (1805-1873) fue político progresista, varias veces embajador en París y presidente del Consejo (1843). En sus *Apuntes autobiográficos* doña Emilia explica las circunstancias que provocaron la composición de este poema:

> Poco después vino de paso a la Coruña, teatro de alguna de sus aventuras de conspirador perseguido, el más hábil orador parlamentario del segundo período constitucional, don Salustiano Olózaga, grande amigo y leader

> político de mi padre. La tarde que pasó en casa fue memorable para mí. Todo se me volvía mirar y admirar su cabeza cubierta de rizos blancos, su palidez mate, sus ojos velados y expresivos como suelen ser los de los miopes, su hermosa vejez tribunicia; y según suele ocurrir en los primeros años, no pudiendo tomarle la medida, le subía hasta el pináculo, y parecíame tener allí nada menos que uno de los ilustres varones de Plutarco en carne y hueso. Vergüenza, turbación y entusiasmo se apoderaron de mí cuando me rogó el caudillo progresista que le leyese cierto soneto donde yo le decía, con transposición y todo, que la patria *áncora en ti contempla salvadora*. Así que terminé, sentí en el oído como unos acordes celestiales: Olózaga, en frases graves, escogidas y realzadas por una voz todavía vibrante y dominadora, me estaba poniendo a la altura de los Argensolas y en parangón con los mejores soneteros del universo mundo. Bien veo que no tenía otra salida el pobre señor; pero considérese la impresión que me harían sus alabanzas. (*Obras completas*, III, 705)

Este soneto figura también en el *Libro de apuntes* con fecha de 1866. Aquí en el *Álbum* la fecha 1865 ha sido tachada y sustituida por 1866.

2. Esta poesía aparece en el *Libro de apuntes* con las siguientes variantes:

23 Escucha atento, encantado La última palabra ha sido tachada y sustituida con 'extasiado'
41 Y quién puede adivinar
50 Que adivinarlos es vano
85 O por detrás abrochado
86 y yo firmemente créo

3. El cuarto conde de San Juan fue Vicente Calderón y Oreiro (1821-88), quien heredó el condado en 1850. Era senador por la provincia de La Coruña. Se casó con Carmen Ozores y Mosquera, y puesto que el apellido de la abuela paterna de doña Emilia era Mosquera, se supone que el conde era pariente suyo. Esta poesía aparece también en el *Libro de apuntes*, fechada en febrero de 1866 y sin variantes dignas de nota.

4. Zorrilla salió de Méjico el 13 de junio de 1866 y al llegar a España fue recibido con gran entusiasmo, sobre todo en su ciudad natal, Valladolid, donde se publicó, con las variantes aquí señaladas, este poema de doña Emilia, en *La Crónica Mercantil*, el 7 de octubre de 1866. Con motivo de la muerte del poeta en 1893, la autora rememora (en 'La muerte de Zorrilla',

Nuevo Teatro Crítico, núm. 25, enero 1893, 122-39) el que ella le había enviado estos versos ('detestables ¡ah!'), y, siendo ella 'poetisa de catorce años, que, toda penetrada de *Margarita la Tornera*, del *Capitán Montoya* y de las redondillas y quintillas de Don Juan, saludaba con efusión la vuelta del pájaro maravilloso, el *quetzal* de flotante plumaje de esmeralda, el colibrí que hace nido en las lianas y se columpia sobre la cima de las palmeras'(p. 135). Tres lustros más tarde cuando Zorrilla visitó La Coruña, fue a casa de los Pardo Bazán en Meirás para leer sus versos (p. 139). En 'Zorrilla' (1909) la autora comunica el siguiente recuerdo: 'Un recuerdo personal mío se enlaza con la vuelta de Zorrilla. Niña yo entonces que hilvanaba versos, le dirigí unos saludándole. ¡Fué para mí grave desconsuelo que Zorrilla no me respondiese!... Después pensé que no había contestado porque mis versos se perderían entre millares de composiciones análogas. Me engañaba. En su carta a Pedro Antonio de Alarcón, apéndice al *Drama del alma*, Zorrilla había correspondido a mi saludo: me había nombrado entre los primates literarios de entonces, a mí, chiquilla a quien no conocía nadie' (*Obras completas*, III, 1477). Para más información sobre la relación entre doña Emilia y Zorrilla, véase mi artículo 'Zorrilla and Pardo Bazán: Two Poetic Tributes and Two Unhappy Encounters', en [*José de Zorrilla: Centennial Readings*, editado por Richard A. Cardwell y Ricardo Landeira, University of Nottingham Monographs in the Humanities (The University, Nottingham, 1993), pp. 133-46].

Las variantes de la versión del *Libro de apuntes* son como sigue:

2 Falta la coma entre 'vuelves' y 'Zorrilla'.
8 Falta la coma.
19 y que á su patria prodigue
33 sobre las cuales, prosaico
42 surcó la proa atrevida

5. Este poema se publicó en *Almanaque de Galicia para uso de la juventud elegante y de buen tono dedicado a todas las bellas hijas del país. Año V. Para el año 1868* (Imprenta de Soto Freire, Lugo, 1867), p. 84, sin variantes dignas de nota. Véase Montero Padilla (1953), pp. 367-68.

6. Luis Vermell y Busquets, escultor y pintor, nació en la provincia de Barcelona en 1814 y, según la *Enciclopedia universal* (Espasa-Calpe), murió hacia 1862, aunque la fecha de este 'fragmento' indica que estaba vivo en 1866. Fue amigo de andanzas y aventuras, ganándose el apodo del Peregrino por los muchos viajes que realizó. Se especializó en alegorías.

7. José Benito Amado, poeta y periodista ('Juan de Lérez'), nació en Marín (Pontevedra) en 1822 y murió en 1886. Fue gobernador de Pontevedra durante la época revolucionaria y escribió varias leyendas, inspirándose en historias y tradiciones medievales. Este poema figura también en el *Libro de apuntes* con las variantes aquí señaladas:

2 Car tu excelles sans doute en idiomes divers
12 Au parfumé hyacinte, a l'orgueilleux laurier
14 d'Helenès
16 Voyant les ondes
19 ¿Les champs pleins d'orangers, les bords aimés des cieux
27 Cependant, une vient maintenant m'asombrir [*sic*]
37 Como plein

En la versión del *Álbum* no hemos corregido algunos errores lingüísticos de doña Emilia.

8. El Lérez es el río de Pontevedra.

9. No hemos podido identificar a Amancio Cabello.

10. La Quintana es una plaza contigua a la catedral.

11. Fue el maestro Mateo quien realizó las famosas esculturas del Pórtico de la Gloria.

12. El primer apellido de la madre de doña Emilia era Rúa-Figueroa, así que la persona a quien se dedica este poema tiene que ser parienta (quizá prima) suya. Otra parienta, Vicenta Rúa, se menciona en la nota 38 abajo.

13. Otra versión de esta poesía se encuentra en el *Libro de apuntes*, pero faltan los versos 13 a 16.

14. La oración de la tarde tiene que ser el Ángelus, rezado a las 6, a las 12 y a las 18 horas.

15. Se nota aquí la influencia de Zorrilla, quien compuso varios 'orientales'.

16. No sabemos quién es el sujeto de este poema. Otros poemas de este año de 1867 tratan de muertes o de muertos queridos reales o imaginados, por ejemplo el núm. 28 del *Álbum*, 'A V. H.', y *Libro de apuntes*, hojas 53^{v}-55^{v}, 'Fantasía', que empieza: 'A la infancia feliz, edad florida'.

17. Existe otra versión bastante diferente de este romance en el *Libro de apuntes*, y las lecciones distintas se apuntan aquí:

10 solo de tí yo la espero
13 de los ojillos azules
18 con blasones y con fueros

19 hasta el final del romance:

Padres! yo no los conozco
no sé los que el ser me dieron
paje soy de un noble conde
y por demás halconero
y aunque justar en las lídes
fuera siempre mi deseo
no quiere el buen Sancho Barba
armarme de caballero,
sin timbres y sin escudo
nunca he de llegar á serlo.
El paje, dadme la mano,
que tinta en sangre la veo!
Sangre, sangre de tu padre!
Sangre de un buen caballero
ya le sacan arrastrando
arrastrando de los pelos
y un puñal en la garganta
hasta el pomo le metieron!
Ese es tu padre! tu padre
El de Cifuentes de Arvéo
y el Asesino es el Conde,
Sancho barba, Sancho el bueno!
por eso no quiere el conde
armarte de caballero
el que al padre dió la muerte
al hijo niega sus fueros!
Huyó el paje como un loco
al través del bosque espeso
y al sonar la media noche
vió la gitana ó lo lejos
en rojas ardientes llamas
el fuerte castillo envuelto
de Conde de Matría [?]
Sancho Barba, Sancho el Bueno.

1867

18. El título de conde de Lemos se remonta al siglo XIV y es uno de los títulos de más consideración que existía en España; por lo tanto no es de extrañar que la joven poetisa lo eligiese para representar la nobleza rancia.

19. La escritora se refiere, desde luego, a la derrota de Napoleón al finalizar la Guerra de la Independencia.

20. Álvaro de Torres Taboada, a quien este soneto se dedica, fue un coruñés de fuerte personalidad y de gustos refinados. Era todo un dandy, de buena familia y holgada posición económica. Vivió y murió soltero, centrando en La Coruña, alrededor de su figura, un elegante sector de la alta sociedad local. Fue él quien ayudó a doña Emilia y a su madre con el diseño del Pazo de

Meirás. Véase Carlos Martínez Barbeito, *Torres, pazos y linajes de la provincia de La Coruña* (Diputación Provincial de La Coruña, 1978), p. 392. Según parece, al componer este soneto, doña Emilia piensa en la oda de Zorrilla, 'A un águila', en la que, igual que aquí, se compara a Napoleón con un águila.

21. La Torre de Hércules es un faro romano situado en La Coruña. Este poema aparece también en el *Libro de apuntes* con una leve variante (termina con un signo de admiración). Hay otro poema en el *Libro de apuntes* sobre el mismo tema:

Alzase en el espacio
La Torre altiva
Dó una luz misteriosa
Constante brilla,
Que al marinero
Advierte los peligros
Del mar artero.
Su perfil se destaca
De entre la bruma:
Rodéale una cinta
De blanca espuma
Y en lontananza
Cruza los mares límpidos
Ligera barca.
Bendito séas, Faro,
Tú que semejas
Por tus fulgores pálidos
Radiante estrella!
Y quiera el cielo
Que cual ellos, no apagues
Nunca tu fuego.
E. 1866

22. En letra distinta se lee a la izquierda de la palabra 'Oda': 'Así sea.' y más abajo a la derecha: '(Premiada con la bendicion apostólica.)'.

Durante estos años fue muy polémica la cuestión de la soberanía temporal del Papa y el reconocimiento del nuevo reino de Italia. A los católicos de tendencia ultramontana les pareció la pérdida de los estados papales un acto de persecución. Como nos dice José Ramón Barreiro Fernández: 'En Santiago se celebraron repetidas veces actos en homenaje al Papa, Academias Literarias cuyo punto único era la defensa de la soberanía del Romano Pontífice y, sobre todo, se prodigaron las manifestaciones públicas en formas de procesiones, de peregrinaciones y de limosnas para el Papa' (*El carlismo gallego* (Editorial Pico Sacro, Santiago de Compostela, 1976), pp. 258-59). Así que es natural que la ferviente carlista doña Emilia dedicase esta oda (y la siguiente) al XXV° aniversario del Papa. En sus *Apuntes autobiográficos* la autora, al aludir muy de paso a su compromiso político durante el período revolucionario, hace un comentario que se supone se refiere a este poema y otros en el *Álbum* de sentimientos marcadamente neo-católicos:

> Lo indudable es que entre la marejada no acababa de salir a flote mi cara literatura, en la cual pensaba con nostalgia creciente. Ni puedo contar como indicio de mis mal satisfechas predilecciones ciertas poesías de circunstancias, que corrieron bastante y aun llegaron a verse impresas sobre seda con letras de oro, sin culpa mía. Literariamente, Dios sabe que me pesan en la conciencia: a bien que lo que nace del fragor político se extingue con él. (*Obras completas*, III, 708)

En el *Libro de apuntes* (hojas 121^{v}-124) hay el borrador de un poema, fechado 1875, que celebra el XXVIII° aniversario del pontificado de Pío Nono.

23. Domiciano, emperador romano de 81 a 96; gobernó de manera cada vez más tiránica y cruel, y persiguió a los cristianos.

24. Mesalina, princesa romana (25-48), tercera esposa del emperador Claudio I, fue célebre por su vida disoluta.

25. La santa Priscila aludida podría ser o la que se menciona varias veces en el Nuevo Testamento como asociada de San Pablo (fiesta el 8 de julio) o la matrona romana (fiesta el 16 de enero) quien 'consagró sus bienes y persona en obsequio de los mártires y los pobres de Roma' (*Enciclopedia universal*, Espasa-Calpe) y hospedó en Roma a los apóstoles San Pedro y San Pablo. Entre las varias santas llamadas Paulina, sin duda se refiere a la mártir romana del siglo I (fiesta el 31 de diciembre). Las dos santas no parecen tener más pertinencia que la pedida por el contexto inmediato.

26. Perspectiva evidentemente carlista de la Ilustración.

27. Víctor Manuel II, rey de Cerdeña 1849-1861 y proclamado en 1861 rey de un estado italiano unificado, tomó posesión de Roma en 1870 (el año anterior a la fecha de esta oda) después del retraimiento de las fuerzas francesas, valiéndose la enemistad del Papa.

28 y **29**. Víctor Manuel. Véase la nota anterior.

30. Véase Montero Padilla (1953), p. 367. Este soneto se publicó en el *Almanaque de Galicia* [...] *Para el año 1868* (véase la nota 5 al *Álbum*), p. 40, titulado 'Soneto filosófico', con las variantes aquí señaladas:

1 y 4 Faltan los signos de admiración.
5 Cómo, sin compasión, toda la esfera

8 Falta el signo de admiración.
12-14 Estos versos están encerrados en corchetes.

31. Véase Montero Padilla (1953), pp. 366-67. Maximiliano de Habsburgo, emperador de Méjico, fue fusilado por los juaristas el 19 de junio de 1867. Esta poesía se publicó en el *Almanaque de Galicia* [...] *Para el año 1868* (véase la nota 5 al *Álbum*), p. 34, con las variantes aquí señaladas:

6 y, como un sueño vano
18 Faltan los signos de admiración.
19-20 Adiós, mi Patria. Que en la tumba fría / reposa el infeliz Maximiliano.

32. Se supone que doña Emilia, dado que antepone a su firma la inicial de su marido, debió de copiar en limpio este poema después de su casamiento en el año 1868. Compárese la fecha de otros poemas así firmados.

33. El pretendiente carlista vivía desterrado en Francia.

34. Doña Emilia habla en términos semejantes en sus *Apuntes autobiográficos* de las salvajadas de la Revolución de 1868: 'Los brutales excesos de la demogogia clerófoba; el Congreso vuelto blasfemedero oficial; las imágenes fusiladas; los monumentos del arte derribados con saña estúpida; las monjas zarandeadas y tratadas con menos miramiento que si fuesen mozas del partido; la rapacidad incautadora, y en suma la guerra sistemática al catolicismo, tan arraigado que ya se manifestaba en forma de triduos y funciones de desagravios, ya de partidillas carlistas' (*Obras completas*, III, 708).

35. Alusión a la búsqueda de un rey realizada por Prim.

36. Sangenjo, donde se compuso esta oda, está en la provincia de Pontevedra. Allí tenía propiedad el marido de doña Emilia.

37. Al escribir estos versos doña Emilia parece haberse inspirado en los siguientes versos de *María* de Zorrilla:

Misteriosos incógnitos rumores
que componéis la mágica armonía
del globo universal: susurradores
murmullos de la noche, melodía
de los ecos del valle, zumbadores
gemidos de las auras, poesía

del son con que la hoja, el agua, el ave
en lengua hablan a Dios que El solo sabe:

Prestad a mi garganta
el acordado ruido
de vuestra lengua santa
de El solo comprendido:
la voz que sólo para Dios se levanta
cuanto con voz por El creado ha sido.

38. Este poema trata de una visita al santuario de nuestra Señora de la Esclavitud en Padrón, donde acuden numerosos devotos en demanda de ayuda para sus padecimientos. En este caso se trata, según parece (véanse la nota 41 y el v. 111), de una acción de gracias por la cura del suegro de doña Emilia. Existe otra versión en el archivo particular del Sr. Jacobo García Blanco-Cicerón, quien ha tenido la amabilidad de facilitarme una fotocopia. Esta versión empieza con una lista de los miembros de la expedición: 'La Gira verificada á la Esclavitud el día 7 de mayo de 1871, por los siguientes: Pedro Quiroga y Sra; José Pardo Bazán y Sra; Ramona Armada é hija; Ana; Vicenta Rúa; Presentación Maza; Josefa Maza; Eduardo Quiroga, Pigerta Pardo; Antonio Vázquez.' Pedro Quiroga es el suegro de doña Emilia, José Pardo Bazán su padre. Ramona Armada será parienta de Juan Armada y Losada, marqués de Figueroa y primo de doña Emilia. A Ana no la he podido identificar. Vicenta Rúa es la tía materna de doña Emilia. Los Maza eran una familia carlista que pasó luego a la Unión Católica (véase Barreiro Fernández, p. 276). José Arias puede ser José Arias Teijeiro y Correo, nacido en Pontevedra en 1799 y muerto en Santiago en 1876. Fue jefe carlista durante la primera guerra carlista. Eduardo Quiroga será pariente (¿hermano?) del marido de doña Emilia, y Pigerta Pardo parienta de su padre. Antonio Vázquez es quizá pariente de Manuel Vázquez de Parga y Somoza (este último fue el segundo apellido de la madre de doña Emilia), III conde de Pallares. Fue diputado a Cortes y publicó en colaboración con el padre de doña Emilia una *Memoria sobre la necesidad de establecer escuelas de agricultura en Galicia* (Madrid, 1862).

Siguen a continuación las variantes de la versión Blanco-Cicerón:

19 mas radiantes, mas hermosas
31 Falta la coma.
36 cielo.
46 Falta este verso.

61 Falta la coma.
65 donde el Santo Sacrificio
75 sino dígalo quien besó piadosa
84 un ramo que iba enseñado
88 que está dispuesta la mesa;
98 Falta la coma.
102-05 Faltan estos versos.
109 Falta el título.
115 estinga
121 su augusta esposa
127 brisa
134-35 y cantan, y rien, y charlan y juegan / con franca alegría, con grato solaz.
136 ¡Que cortas
142 ó niebla matutina
143 tímido resplandor
144 todo pasó, pero
151 en él
153 que van cansados
154 están,
158 Falta el punto final.
161 en acento arrobador
162 canción, entona risueña.
167 Otros tan gratos contar
171 Faltan los signos de admiración.
178 á tus plantas, en tu templo

39. En la versión Blanco-Cicerón doña Emilia identifica a estas niñas como Carmen Miranda y Presentación y Josefa Maza. La primera figura en una foto de amigos y familiares reproducida por Carmen Bravo-Villasante en *Vida y obra de Emilia Pardo Bazán* (Revista de Occidente, Madrid, 1962), p. 192.

40. En la versión Blanco-Cicerón doña Emilia indica que estas damas son Ramona Miranda y Ana. Miranda debería de ser Armada (véase la nota 38 arriba).

41. Según nota de la autora en la versión Blanco-Cicerón, el enfermo es Pedro Quiroga.

42. En homenaje a la esposa del pretendiente carlista, la margarita viene a ser la insignia carlista junto con la boina. Véase Vicente Garmendía, *La segunda guerra carlista (1872-76)* (Siglo XIX, Madrid, 1976), p. 7.

43. Se refiere al padre de su marido (véase la nota 41).

44. Ramona Armada; véase la nota 38 arriba.

45. Carmen Miranda, según nota de la versión Blanco-Cicerón.

46. No hemos podido averiguar la identidad de la persona a quien se dedica este poema, pero por lo visto se trata de un amigo muy querido.

47. El casino en que fue leída esta poesía era probablemente el Casino Carlista, fundado en 1870, y situado en el número 25 de la Rúa Nova. Véase Barreiro Fernández, p. 249, y *Otras poesías*, 4.

48. El lugar y la fecha parecen ser parte del título del poema, ya que doña Emilia suele poner el lugar y la fecha de la composición de sus poesías al pie de la obra.

49. El obispo de Jaén se presentó como candidato católico-monárquico (carlista) a las elecciones para las constituyentes en 1869 y fue elegido senador en 1871.

50. En el manuscrito falta la palabra 'que'.

51. Dionisio Fierros Álvarez (1827-94), discípulo de Federico Madrazo, nació en Asturias pero se estableció en Galicia y se convirtió en el primer representante de la Escuela Gallega de Pintura. Existe un retrato de la madre de doña Emilia atribuido a Fierros, pero, que sepamos, no retrató a la autora.

52. Todas las curiosidades de puntuación y ortografía de este poema son originales.

53. Véase nota 42.

54. Evidente error por 'consagrada'.

55. Sobra esta palabra, insertada sin duda por reminiscencia de 'y de' en el verso anterior.

56. *Neo* significa 'ultramontano', con referencia a los valores tradicionalistas de los partidarios carlistas (compárese 'campeón del rey legítimo', v. 54).

57. Sobra la palabra 'es', aunque solo fuera por razones métricas.

58. Poesía que parece ser un eco del famoso soliloquio del héroe del *Don Álvaro* de Rivas, Jornada III, escena 3.

59. Esta poesía parece ser inacabada. No lleva fecha, pero sus sentimientos carlistas sugieren que se compuso entre 1869 y 1871.

60. Vergara fue el lugar donde se verificó en 1839 la reconciliación entre carlistas y liberales, el llamado abrazo de Vergara.

61. La juventud carlista idealizada.

62. J. B. A.: véase nota 7. El poema se refiere a una de las leyendas que compuso Amado titulada *María o la Virgen del Valle*. Otra versión de este soneto aparece en el *Libro de apuntes*, con las siguientes variantes:

1 Como al amanecer sereno el dia
3 Más al radiar el sol en mediodia
6 A la anterior tan límpida y hermosa;
10 Su leyenda adornó, de tal manera
12 Como acaso en la tibia primavera
13 Falta la coma.

63. Este poema y los tres siguientes no son de doña Emilia. El autor de éste y de los dos últimos del *Álbum* es Leandro Prieto, quizá pariente de Antonio Prieto, que fue nombrado gobernador civil de La Coruña en 1874.

64. No hemos podido averiguar quién es el Montes, autor de este poema.

Jaime

1. La disposición de este verso y el uso de los puntos suspensivos (vv. 17, 20, 28) son originales.

2. Francesco Albani, il Albano (1577-1660), pintor italiano, discípulo de Carraccio. Según un comentario de doña Emilia en una carta a Giner de los Ríos con fecha del 2 de febrero de 1882, a don Francisco no le gustó esta alusión.

3. En el original hay punto final en los versos 4, 8 y 12. Los puntos suspensivos (vv. 20, 26) y la 'y' minúscula en el verso 27 son también originales.

4. Por lo que dice doña Emilia en una carta a Giner con fecha del 20 de febrero de 1881, don Francisco criticó esta palabra por 'baja y prosaica'.

5. Curiosa variación sobre el tópico del 'carpe diem'.

Otras poesías

1. *La Soberanía Nacional* era un diario progresista. A este mismo almanaque contribuyó José Pardo Bazán, padre de doña Emilia, un artículo titulado 'La política y los intereses materiales' (pp. 49-52). Suponiendo que esta poesía se compuso después del motín de San Gil en junio de 1866, sería lógico inferir que el tigre a que se refiere la joven fabulista se identifique con O'Donnell y el león con Prim. La laguna en el texto indicada aquí con asteriscos pero con puntos en el original subraya la incertidumbre respecto al final del tigre.

2. Habla el año mismo personificado, quien ha llevado el cetro (v. 13) durante los últimos doce meses.

3. Los italianos, aliados de Prusia contra Austria, fueron derrotados el 24 de julio de 1866 en Custozza y luego perdieron su armada en la batalla de Lissa.

4. No se ha logrado comprobar los detalles de este desastre marítimo.

5. El clásico 'splendid isolation' de la Gran Bretaña imperial.

6. Candía es el Heraclión de hoy, ciudad cretense, y representa metonímicamente a la isla entera.

7. En 1866 una explosión de sentimiento nacionalista provocó en Creta una guerra contra la dominación turca. La sublevación fracasó.

8. El príncipe Guillermo de Dinamarca (1845-1913) fue elegido rey de Grecia con el nombre de Jorge I el 30 de marzo de 1863. La inestabilidad de sucesivos gabinetes y la rivalidad entre los partidos políticos imposibilitaban la buena administración. En 1866 Grecia se inmiscuyó en la revolución de Creta (véase nota 7) y como resultado sufrió la humillación de someterse a los dictados de las potencias europeas.

9. Maximiliano, emperador de Méjico, fue destronado y fusilado en 1867.

10. José Manuel Pareja fue marino español y ministro de Marina (1864). En el mismo año se le confirió el mando de la escuadra del Pacífico así como el cargo de enviado extraordinario y ministro plenipotenciario en la República del Perú. Durante una disputa diplomática entre España y Chile, tan grande fue el disgusto de Pareja que se suicidó con un tiro de revólver. Se le dio sepultura en el mar el 7 de diciembre de 1865.

11. Casto Méndez Núñez, heroico marino gallego y sucesor de Pareja, mandó la flota española en el bombardeo de Valparaíso (1 de abril) y El Callao (2 de mayo). Para más detalles sobre su carrera, véase la *Enciclopedia universal* de Espasa-Calpe.

12. El tratado de Praga que terminó la guerra entre Prusia y Austria fue firmado el 23 de agosto de 1866. Para Francia la derrota de Austria era un desastre, porque significaba el fin de la supremacía francesa en Europa.

13. Alejandro II (1855-1881) se dedicó a reformar el estado social y las instituciones de Rusia de acuerdo con el liberalismo imperante. El acto más notable de su reino fue la emancipación de los siervos que se realizó en marzo de 1861. Sin embargo, tales reformas contrariaban a muchos y la insurrección de Polonia y las actividades subversivas de los nihilistas crearon un estado de inestabilidad. El 16 de abril de 1866 el emperador escapó ileso de un intento de asesinato.

14. Según Tito Livio, para hacer hincapié en la derrota de los romanos en 390 a. de J. C., el jefe de los galos, Breno, al ver pesarse una gran cantidad de oro como indemnización, arrojó su espada a la balanza y exclamó 'Vae victis'. Con esta analogía clásica doña Emilia se refiere sin duda al Tratado de Praga (véase nota 12) que transfirió la soberanía de Venecia de Austria a Italia.

15. Véase la nota 4 al *Álbum de poesías*.

16. Hablando en 1915 de las modas durante los cuatro lustros anteriores a la Setembrina, doña Emilia dice que 'al cuello se ponían cintas de dos dedos de ancho, de terciopelo negro o seda de color, que colgaban hasta los pies, y aquí eran conocidas por "sígueme, pollo"' ('La vida contemporánea', *La Ilustración Artística*, núm. 1.752, 26 de julio de 1915, 494).

17. Esto parece haber sido un rumor falso, porque no hay indicio de que en

Egipto se aboliera la poligamia en 1866.

18. No hemos encontrado noticias de estos experimentos británicos.

19. El inventor catalán, Narcís Monturiol, construyó un submarino, el *Ictíneo*, que botó al mar en 1859. Durante los años siguientes intentó conseguir el presupuesto necesario para desarrollar su invento, y en abril de 1866 dirigió una Memoria a la Junta general de accionistas del *Ictíneo*, ensalzando sus esfuerzos en favor del bien nacional.

20. El fusil de aguja (o de retrocarga) fue inventado por el prusiano J. C. Dreyse en 1827, pero no demostró su eficacia hasta la guerra entre Austria y Prusia de 1866, durante la cual el número de bajas de las tropas austríacas fue muy superior a las sufridas por los prusianos.

21. Según parece, se trata de un avatar de la antigua leyenda que afirma que Arquímedes destruyó la escuadra de Marcelo delante de Siracusa quemando por medio de espejos, que reflejaban la luz solar, los bajeles romanos. En tiempos modernos un espejo ustorio fue construido por el naturalista francés G.-L. Leclerc de Buffon (1707-1788).

22. En los versos 129-32 se reproduce la puntuación original, añadiéndose solamente los signos de admiración iniciales en los versos 130 y 131.

23. Esta enigmática fábula (reproducida en Montero Padilla (1955), p. 97) parece aludir a la situación del trono, Narváez y el ejército frente al creciente desprestigio del régimen borbónico.

24. Estella (Navarra) era cuartel general de don Carlos durante la última guerra carlista.

25. Es posible que el contenido de este poema se refiera a la inauguración del Casino Carlista de Santiago de Compostela que tuvo lugar el 24 de abril de 1870. Barreiro Fernández (p. 252) cuenta que la inauguración fue interrumpida por una manifestación de republicanos y otros sectores políticos: 'La manifestación atacó a los señores de levita y a las damas encopetadas, (la mejor sociedad de Santiago), que descendían de los suntuosos carros para iniciar el baile.' Se supone que 'el del sello' (v. 19) sería el pretendiente carlista.

26. Esta poesía obtuvo accésit en un certamen literario celebrado en Santiago el 28 de julio de 1875 bajo el lema de dos versos de Alberto Lista: 'Dichoso aquel que no ha visto / más río que el de su patria'. El premio se adjudicó a Ramón del Valle, padre de Ramón del Valle-Inclán. Antonio Odriozola pudo ver en la Biblioteca de la Fundación Penzol, Vigo, once de las poesías que se presentaron (nosotros sólo hemos visto siete) que, aunque impresas sueltas, al parecer proceden de la obra en que se publicaron las poesías presentadas al certamen. Véase Antonio Odriozola, 'La "Descripción de las Rías Bajas", obra juvenil de doña Emilia Pardo Bazán', *Faro de Vigo*, 2 de junio de 1968, p. 19. Las hojas que contienen la poesía de doña Emilia formaban (¿parte de?) el cuaderno número 9: portada propia con vuelta en blanco, más cinco páginas impresas ([67], 68-71). La poesía se publicó también en dos partes (vv. 1-72 y 73-150) en *El Heraldo Gallego*, II, núm. 43, 21 de octubre de 1875, 339, y II, núm. 45, 4 de noviembre de 1875, 346; así como en *La Revista Galaica*, 30 de octubre de 1875. Se reprodujo también en *Escritoras españolas*, Biblioteca Universal, tomo 58 (Hernando, Madrid, 1880). Siguen a continuación las variantes sustantivas de la versión publicada en *El Heraldo Gallego*:

1 cansada (Si nos fiamos de los impresores, es de notar que en la versión (quizás anónima) presentada al certamen doña Emilia habla con voz masculina. Aquí vuelve a asumir su identidad femenina.)
25 mar, que es azul
33 perfumes
45 lo
55 es de dejar
61 ¡Qué es grato
63 espira entre celajes del Poniente
64 ascender por veredas escondidas
67 Aquí la áurea
117 vinieron á bordar
118 Praxltéles
127 el secreto movimiento
133 Si en la arena abrasada del desierto
134 como en el polo yerto
138 de los mares, los montes
141 el mar, el cielo
Al final: Emilia Pardo Bazán de Quiroga. Julio de 1875.

La primera entrega lleva la siguiente nota: 'Esta bellísima composicion fué premiada con *accessit*, y aplaudida con entusiasmo, al terminar su lectura, en el Certámen literario celebrado en Santiago el 28 de Julio último.'

27. *dengue*: capa corta femenina característica de Galicia, Asturias y León. Llegaba hasta la mitad de la espalda, se cruzaba por el pecho, y las puntas se sujetaban detrás de la talle. Compárense los versos 110-11.

28. Las comas en este verso son originales.

29. En sus *Apuntes autobiográficos* doña Emilia nos da otra descripción semejante. Véase *Obras completas*, III, 701-02.

30. El texto base reza 'aloes', el de *El Heraldo Gallego* reza 'aloe', sin tilde.

31. Las comas son originales.

32. Escultor griego, nacido en el año 390 a. de J. C. en Atenas. Eran célebres en la Antigüedad sus estatuas de Afrodita.

33. Las tres manantiales termales tienen una temperatura constante de 66°C, 67°C y 68°C.

34. El 'Serafín' es el santo seráfico, San Francisco de Asís.

35. Doña Emilia alude aquí a la transverberación del corazón de Santa Teresa de Jesús (*Vida*, 29.13).

36. Esta oda le valió a doña Emilia el premio, una rosa de oro, de un certamen literario organizado en Orense en 1876 para celebrar el segundo centenario del nacimiento del padre Feijóo. Once años más tarde, al presidir otro acto en honor del ilustrado benedictino, llevó su rosa de oro prendida en el pecho. Véase *Feijóo y su siglo*, *Obras completas*, III, 732. Se publicó en *Certamen literario en conmemoración del segundo centenario del nacimiento de Fray Benito Jerónimo Feijóo, autor del 'Teatro crítico universal', celebrado en Orense el 8 de octubre de 1876. Obras premiadas* (Tip. Perojo, Madrid, 1877), pp. 167-73. Esta obra no está en la Biblioteca Nacional de Madrid y no hemos podido ver un ejemplar. El texto del manuscrito ha sido publicado por Francisco Serrano Castilla en 'Una oda, muy poco conocida, de la Pardo Bazán', *Cuadernos de Estudios Gallegos*, IX (1954), 398-404, y es éste el texto que reproducimos aquí.

37. El sentido se aclara puntuándose así: y de nombre no más 'filosofía', / era [etcétera].

38. Presumiblemente se refiere la autora al Canto 1 del *Infierno*.

39. Véase *Exodus* 17: 1-7.

40. Véase *Daniel* 13, la historia apócrifa de Susana.

41. Véase II *Machabaeorum* 7.

42. Véase II *Samuelis* (II *Regum*) 18. Sigo la puntuación del original en los versos 6 y 7.

43. Añade la autora la siguiente nota: 'Este poema se basa en un hecho de mi vida, y la fantasía tiene en él escasa parte.' Se han corregido unos errores de imprenta.

44. En el original figura sólo el signo de admiración final.

45. Por todo el poema se reproducen en esta edición los puntos suspensivos utilizados en el original.

46. Se puntúan los versos 56 y 57 de acuerdo con el original.

47. 'Naturaleza', con minúscula en el original (vv. 60, 130).

48. '*hoy*' (v. 145) y '*mañana*' (v. 146) en bastardilla en el original.

49. En el cuarto libro de *Las Geórgicas*.

50. Poeta y compositor gallego, nacido en Vigo en 1845. Se suicidó en Madrid en junio de 1876. Un grupo de escritores, entre ellos Ventura Ruiz Aguilera, Benito Vicetto, Alfredo Vicenti, Andrés Muruáis y Emilia Pardo Bazán, formó una corona poética, con un ensayo necrológico-biográfico de Manuel Curros Enríquez, en memoria del poeta. La colaboración de doña Emilia se encuentra en *El Heraldo Gallego. Corona fúnebre á la memoria del inspirado escritor y poeta gallego, Teodosio Vesteiro Torres* (Establecimiento tipográfico de *La Propaganda Gallega*, Orense, 1877), pp. 15-16 (error de imprenta: 40 depojos). Se publicó también en *Corona fúnebre á la memoria del malogrado poeta gallego Teodosio Vesteiro Torres* (Imp. de *El Correo Gallego*, Ferrol, 1879), pp. LXXXIX-XC, con la siguiente variante:

17 Su juez allá en la altura

51. Los signos de admiración señalan una referencia irónica a los ideales republicanos franceses.

52. Hay varias anécdotas acerca de un incendio que destruyera papeles de Newton. Los detalles son difíciles de comprobar, pero no se hace referencia de ninguna criada. Véase sobre el asunto Derek Gjertsen, *The Newton Handbook* (Routledge & Kegan Paul, London, 1986), pp. 204-05. El borrador de otra versión de este poema se encuentra en el *Libro de apuntes*, hoja 116 y sig.

53. En el original se imprime sólo el signo de admiración final en los versos 16, 24 y 43, faltando los iniciales.

54. La *Mahabharata* es una epopeya sánscrita que contiene todos los mitos y leyendas de la India. No se tradujo al español hasta 1893, y por tanto se deduce que doña Emilia se basa aquí en la traducción inglesa o la francesa. Otra versión de esta poesía aparece en el *Libro de apuntes*, hojas 98^{v}-99^{v}, con numerosas tachaduras. Lo que sigue es una reconstrucción tentativa, y la puntuación y la acentuación son nuestras.

Descripción.

La estación de las lluvias ha nacido,
todos los seres de placer temblaron,
la atmósfera se envuelve en nubarrones,
espiran los ardores del verano.
Las grullas
con vuelo
pesado
el cielo
cruzaron.

La tierra que regó la mansa lluvia
de fresco musgo se esmaltaba en tanto,
y estaban los linderos de los bosques
de serpientes metálicas cuajados.
Revueltos
los ríos
bramando
sus bríos
soltaron.

En el bosque un concierto de chillidos
alzaban, por las ondas inundados,
las aves, los cuadrúpedos, los monos,
los jabalíes, los silvestres pavos.
Las ranas
rüidosas [*sic*]
con saltos
gozosas
cantaron.

La estación de las aguas multiforme,
con sus ríos tan límpidos y claros,
con sus verdes montañas y sus valles
de cisnes y cigüeñas visitados,
despide
al estío,
a los campos
rocío
mandando.

Las noches, refrescadas por las nubes
y ya el áspero polvo disipado,
chispean de planetas y de estrellas
sobre el oscuro azul centelleando.
La luna
ya llena
ha velado
serena
sus rayos.

Salpican por do quier las frescas ondas
de los puros cristales de los lagos
millares de nenúfares y lotos
muy fragantes, azules y encarnados.
Las cañas
redondas
brotaron,
las ondas
besando.

55. El apóstol de la gente es San Pablo, y los versos 1-30 son una glosa de los conocidos versículos de la *Epistola I ad Corinthios* 13.

56. Una de tres hojas sueltas que se encuentran en la Biblioteca de la Fundación Penzol, Vigo, y que contienen poesías sobre el tema de la caridad. Las otras dos llevan la fecha de 28 de enero de 1878, y parecen ser, como es el caso de esta poesía de doña Emilia, obras premiadas en un certamen literario. Compárese la nota 26 arriba.

57. A otra poesía de esta serie alude Montero Padilla (1953), p. 372 ('La nevada: enero', *El Diario de Lugo*, 18 de enero de 1880), pero no la hemos podido localizar.

58. Según Montero Padilla (1953), p. 373, doña Emilia compuso este himno 'para que en un Certamen convocado por el Liceo Brigantino de La Coruña, se le pusiera música y fuera cantado a cuatro voces en orfeón'. En el original faltan 'en' en el verso 27 y el signo de admiración en el verso 39.

59. Los puntos suspensivos (vv. 7, 14, 23) están en el original. Faltan los signos de admiración ante 'Esta' en el verso 14 y 'una' [*sic*] en el verso 23.

60. *casida*: forma estrófica árabe y también un conocido tipo de composición poética.

61. *guzla*: se refiere con más propiedad al instrumento de una sola cuerda que sirve para acompañar la voz de un cantante de algunos pueblos eslavos de las Balcanes. Véase también la nota 65.

62. En el original falta la raya en el verso 88. En todo el poema sólo se han introducido los más leves retoques de puntuación, sin señalarlos.

63. En el original falta el signo de admiración inicial.

64. Tirteo fue poeta lírico griego del siglo VII a. de J. C., que excitó con sus cantos el valor de los espartanos en la segunda guerra de Mesenia. Juvenal fue poeta latino (¿60-140?) cuyas *Sátiras* constituyen una crítica contra los vicios de la Roma imperial.

65. Es muy probable que doña Emilia tuviese presentes los siguientes versos del mismo Zorrilla, quien da también la conveniente explicación de *rawí*:

Corren plazas y calles tañedores
De sonajas, adufes y panderos,

Rawíes de romances narradores
Al compás de la guzla [...]

> Los Orientales estiman mucho estos bardos, que aun hoy entretienen con sus cantares las largas horas de la noche en los palacios de los príncipes y en las casas de los ricos. A veces estos rawies [*sic*] son esclavas ó favoritas de estos magnates, las cuales recitan al són de la guzla los versos de los poetas árabes y persas.
>
> (*Granada: Poema oriental* (Pillet fils ainé, Paris, 1852), II, 15 y 307)

De hecho el *rawí* era normalmente un hombre. (Debo esta nota a la amabilidad de mi colega el doctor Richard Hitchcock.)

66. Para más informacion sobre la relación entre Zorrilla y doña Emilia véase la nota 4 al *Álbum de poesías*.

67. Deformación de la palabra 'fortuna'.

68. *La menestra de tipos populares de Galicia* consta de una serie de retratos costumbristas, así pictóricos como escritos. Véase Nelly Legal [Clémessy], 'Contribution a l'étude de Doña E. Pardo Bazán, poétesse. "Gatuta", une composition peu connue de l'écrivain galicien', *Bulletin des Langues Néo-latines*, núm. 162 (1962), 40-43.

69. Galatea: ninfa, hija de Nereo, dios del mar. Es muy conocida en la literatura clásica y renacentista la historia del amor de la ninfa y el pastor Acis y los celos del cíclope Polifemo.

70. Véase Montero Padilla (1953), pp. 378-79, donde se reproduce el texto de esta poesía. No hemos podido localizar esta obra de Leandro Saralegui.

71. Andrés Muruáis, hermano de Jesús (maestro de Ramón del Valle-Inclán), nació en Pontevedra en 1851 y murió allí el 21 de octubre de 1882. Se distinguió como poeta y periodista. Véase también Montero Padilla (1953), p. 380.

72. André Chénier, poeta francés (1762-1794), que murió guillotinado durante la Revolución Francesa.

73. Le agradezco a la profesora Nelly Clémessy su amabilidad (y su desinteresada generosidad habitual) al facilitarme una fotocopia de este manuscrito. El soneto parece ser un comentario más o menos jocoso sobre el atomismo individualista del liberalismo imperante.

74. Según Montero Padilla (1955), pp. 99-100 (de donde hemos tomado este texto), el poema fue publicado por Leandro Saralegui en 1886. Sin embargo, es muy probable que fuese publicado en la prensa periódica antes de ser recogido allí. Véanse arriba el poema 28 y nota 70.

75. La historia, poco conocida, se transmite en la siguiente forma (Ateneo, *Banquete*, 14. 619): La doncella Calycè suplicó a Afrodita que pudiera casarse con un joven llamado Euathlus. Cuando éste la despreció, ella desesperada se arrojó desde un acantilado. La escena tuvo lugar cerca de Leucada.

76. Licia, antigua región de Asia Menor limitada al sur por el Mediterráneo. No está claro por qué se menciona aquí.

77. Este poema figura en *La muerte de la Quimera*, obra dramática para marionetas que doña Emilia puso al principio de la edición en libro de su novela *La Quimera* (1905) como introducción simbólica. También se publicó en *La Época*, 9 de mayo de 1905, p. 3. Aparte de la sustitución de dos puntos por punto y coma en los versos 3, 6 y 8, se ha mantenido la puntuación original.

Índice de títulos, dedicatorias y primeros versos

De otros escritores

ÍNDICE